私はこの家に必要ないようで
でも皇太子妃になるなんて聞いてません！
櫻井みこと
Micoto Sakurai Presents
fairy kiss

この作品はフィクションです。
実際の人物・団体・事件などに一切関係ありません。

私はこの家に必要ないようです。
でも皇太子妃になるなんて聞いてません！

# 第一章

朝早くから起き、身支度を整えて屋敷の清掃をする。

それから使用人用の食堂で朝食をとり、誰も立ち入らない荒れ果てた裏庭の手入れに取りかかる。

それが、オフレ公爵令嬢のリゼットの日常だった。

もちろん着ているものは公爵令嬢らしい高級なドレスではなく、メイド服だ。

どうしてリゼットがこんな生活をしているのかというと、生きるためである。

両親が亡くなったあと、生まれ育ったはずの屋敷で、リゼットは居場所をなくしていた。

父は穏やかで優しく、亡くなった母をいつまでも愛していて、その思い出をいつもリゼットに語ってくれた。

だからリゼットも、まだ物心がつかないうちに亡くなってしまった母のことを、よく知っている。

けれどそんな父も五年前に亡くなってしまい、当時まだ十歳だったリゼットの後見人として、叔父がこの屋敷に移り住んできた。

最初は、祖父が後見人になるという話もあったようだ。

だが祖父は重い病気を患っていて、あまり無理はできない身体(からだ)だった。

それに叔父は独身である。

兄の遺児であるリゼットを、自分の娘だと思って大切にする。

（そう誓って、おじい様を説得したと聞いたけれど……）

当然のことながら、リゼットが成人すれば、オフレ公爵家の爵位も財産もすべてリゼットに返すと、祖父に約束したようだ。

その言葉通りに、祖父が生きている間は、両親を恋しがって泣くリゼットに、叔父はとても優しかった。

ドレスや装飾品なども、少し過剰なくらい用意してくれた。

優しい叔父との生活に、リゼットも父を失った悲しみから、少しずつ立ち直りかけていた。

けれど平穏に暮らせたのも、一年に満たない短い時間だった。

（おじい様が亡くなってから、すべてが変わってしまった）

リゼットは裏庭で雑草を引き抜きながら、当時のことを思い出す。

長年の闘病の末に、祖父がとうとう亡くなると、リゼットを取り巻く環境は激変した。

祖父の葬儀の翌日に、叔父は父の愛人だったという女性と、ひとつ年下の異母妹を連れてきたのだ。

父に愛人がいたなんて、まったく知らなかった。

あれほど母を愛し、大切にしていたのに、自分とそう年の変わらない異母妹がいたなんて信じられなかった。

けれど叔父は間違いなく父の子だと言う。

異母妹は、マリーゼという名前だった。

母と同じ黒髪に父と同じ緑色の瞳をしているリゼットと違って、淡い茶色の髪に青い瞳をした、小柄でとても可愛(かわい)らしい少女である。

青い瞳は祖父と同じ。

そして淡い茶色の髪は、叔父と同じものだ。

叔父が言うには、父は愛人と異母妹にまったく援助をしていなかったらしく、マリーゼはとても苦労して育ったらしい。

だからそんな父の分も、マリーゼには親切にしなければならない。叔父はリゼットにそう言い聞かせた。

父から放置されていた、かわいそうな異母妹のマリーゼ。

マリーゼとは違って父に愛されて育ったリゼットは、マリーゼに償わなくてはならないのだと。

それから、リゼットの人生は少しずつ狂い始めた。

叔父が、リゼットのために用意してくれたはずのたくさんのドレスや装飾品は、すべてマリーゼのものになった。

たしかに叔父が用意してくれたドレスは可愛らしいものが多く、年齢のわりに大人びた顔立ちのリゼットには、あまり似合わない。

けれど幼い顔立ちのマリーゼにはとても良く似合っていた。

（きっと最初から、マリーゼのために仕立てたものだったのね）

今では、リゼットにもそれがわかる。

こうしてリゼットは、初めて会った父の愛人を義母と呼ぶことを強要され、ほとんど年の変わらない異母妹を優先させることを約束させられた。

今思えば、叔父の言い分はかなり理不尽なものだ。

リゼットは、父に愛人がいたことさえ知らなかったのだから、マリーゼが苦労して育ったとしても、それはリゼットのせいではない。

だが、そのうちドレスだけではなく、リゼットのものはすべて、マリーゼのものとなった。

新しい義母は、リゼットの母の部屋を使うことにしたようだ。

父は母が亡くなったあとも、その部屋を大切にしていた。リゼットにさえ、立ち入りを許さないほどだった。

けれどその部屋はいつの間にか内装まで変えられ、すっかり元の面影をなくしていた。

義母と異母妹がこの屋敷に来る前に、叔父が改装させていたようだ。

そんな母の部屋を見て、ここを義母が使うのが嫌だと思う気持ちも消えた。

「マリーゼの部屋はどこにしようか」

叔父がそう悩みながら、マリーゼと屋敷の中を歩き回っていたとき、リゼットもその様子を見ていた。

「お母様の隣がいいわ。離れるのは寂しくて」

マリーゼがそう言ったのを聞いて、リゼットは自分も部屋を移動させられることを悟った。

リゼットの部屋は、母の部屋のすぐ隣だったのだ。

「ああ、それがいい。マリーゼが心細いと言っているのだから、異母妹には優しくしなければいけないよ」

「……はい、叔父様」

逆らっても無駄だろうと思ったので、リゼットは頷くしかなかった。

マリーゼが早くこの屋敷に馴染むように、部屋の移動はその日のうちに行われ、リゼットの荷物は一日、倉庫だった部屋に運び込まれた。

自分の荷物が移動させられたので、リゼットはその陽当たりの悪い倉庫で寝るしかなかった。

叔父はすぐに新しい部屋を用意すると言っていたが、忘れられたのか、それとも最初からそんな気持ちはなかったのか。今に至るまで、リゼットの部屋は倉庫のままだった。

しかもこの部屋に移動する際に、父から買ってもらった装飾品も、すべてマリーゼに取り上げられた。

「それはお父様の形見です。返してください」

さすがにそう訴えたが、マリーゼは返してくれなかった。

「父の形見なら、なおさら異母妹に譲るべきだろう」

叔父はそう言って、マリーゼではなくリゼットを叱った。

「本当の父に何ひとつ買ってもらったことのない、マリーゼが哀れだと思わないのか？」

「……わかりました」

そう言われてしまえば、もう何も言えなかった。

それだけではない。

母から買ってもらった人形も。

祖父母から贈られたネックレスも。

すべてマリーゼに奪われた。

父の代から仕えてくれた執事やメイドはいつの間にか解雇され、気が付けば、義母とマリーゼを優先させる者ばかり残っていた。

この屋敷の主であり、正当な後継者であるはずのリゼットは、いつも肩身の狭い思いをしていた。

食事さえも、家族と一緒に食べたことがない。

当時は子どもだったリゼットも、叔父と義母がこの公爵家を乗っ取ったのだろうな、ということは何となく理解していた。

けれど、祖父も亡くなってしまった今、それを誰にも訴えることはできなかった。

父が亡くなってしまったのだから、仕方がない。

いつしか、そんなふうに思うようになった。

もしリゼットが公爵家に生まれなかったら、両親が亡くなった時点で孤児院にでも入れられていただろう。

それを考えれば、まだ恵まれているのかもしれない。

けれど義母やマリーゼの暴言、そしてメイドたちの侮った態度は受け流すことはできたが、さすがに食事を抜かれてしまったことは堪（こた）えた。

だから辞めたメイドの服を着て、使用人たちの食堂に向かってみたら、あっさりと食事を出してもらえた。

この屋敷ではメイドの出入りも激しく、人の少ない時間帯を選んで制服さえきちんと着ていれば、怪しまれることはなかった。

叔父が新しく雇うメイドは、黒髪の若い女性が多かった。

リゼットは他のメイドたちのように黒髪で、屋敷の者たちも、また新しいメイドだとしか思わなかったのだろう。

それに叔父は、リゼットに新しいドレスを仕立ててくれるようなこともなかったから、すっかりと丈が短くなって、古びてしまったものばかり。

メイド服は、そんな古びたドレスよりもよほど着心地が良くて、暖かい。

それから何度かメイド服で食事をしているうちに、いつの間にか仕事を頼まれるようになった。

どうせ部屋に戻ってもやることがないからと、そのまま仕事をしているうちに、メイドのひとりとして数えられてしまったらしい。

メイド長から給金まで渡されたが、労働に対する正当な報酬だと思ってもらっておいた。いざというときのために、しっかりと貯（た）めている。

（それにしても、服を着替えたくらいで、誰も私に気が付かないなんて……）

制服という、個性がなくなるものを着ていることもあるだろうが、あの屋敷の人間がどれだけ自分に関心がないのか、はっきりとわかった。

さすがに叔父や義母、マリーゼにはわかってしまうだろうから、昼から夜まではリゼットとして、古びた部屋でじっとしていた。

この屋敷では、何もかもがマリーゼのものである。

だがひとつだけ、マリーゼがリゼットから奪えないものがあった。

まだ父が生きていた頃に結ばれた、このキニーダ王国の第二王子レオンスとの婚約だ。

この婚約は王命であり、いかに後見人である叔父であっても、勝手に解消することはできない。

亡き両親が、リゼットに遺(のこ)してくれたもの。

マリーゼに取り上げられない、唯一のものだ。

第二王子レオンスは、金色の髪に緑色の瞳をした、美しい容姿の王子だった。

いずれはリゼットと結婚して、このオフレ公爵家を継ぐ予定だと聞いていた。

しかし子どもの頃からレオンスは、とても我儘(わがまま)だった。彼の母親は側妃で、国王がその側妃に甘かったせいでもあるのだろう。

おとなしいリゼットとの相性は、あまり良いとは言えなかった。

婚約を結ばれる前の、顔合わせの日。

まだ五歳くらいだったと思う。

彼はおとなしいリゼットを見ると、不快そうにこう言ったのだ。

「こんなのが、僕の相手なのか？」

そのときはさすがに、同席していた国王陛下に叱られていたが、リゼットはまだ幼いながらも、自分が彼に拒絶されていることを理解した。

声も出さずに静かに涙を零すリゼットを見て、レオンスは少しだけきまり悪そうに謝ってくれた。

その謝罪があったから、リゼットはまだレオンスは叔父たちよりはましだと思っている。

こうして父が亡くなってから五年が経過し、リゼットは十五歳になった。

この日も早朝から掃除をして、メイド服のまま食堂に向かい、料理人が作ってくれた食事を食べてから、裏庭の手入れをしている。

ここは、生前の父が母との思い出をよく語ってくれた場所である。

政務で疲れた父を癒そうと、裏庭には母が自ら植えた花がたくさん咲いていたらしい。

そんな花を眺めながら、色々な話をしたと、父は懐かしそうに話してくれた。

でもその裏庭も、今は誰も寄り付かず、雑草だらけになっている。

せめて少しでも綺麗にしようと頑張ってみたが、なかなか進まない。

そのうち、とうとう雨が降ってきてしまったので、部屋に戻ることにした。

（こんなに雨が降ったら、また雑草が伸びてしまうわね）

翌日になっても雨は降り続け、朝になったというのに、屋敷の中はどこか薄暗い。

次第に激しくなった雨が、窓を叩く。

「お異母姉様って、本当に陰気ね」

昼が過ぎて部屋に戻り、いつものように静かに過ごしていると、急に異母妹のマリーゼがリゼットの部屋を訪れた。

そしてまるでこの雨はリゼットのせいだと言わんばかりに、憎々しげにそう言う。そんな悪意のある言葉を聞き流して、リゼットはマリーゼの背後に視線を向けた。

マリーゼに付き添っているメイドたちは全員、見知らぬ顔だった。

(叔父様は、また新しいメイドを雇ったのね)

全員黒髪で、スタイルの良い美人ばかりだ。あんなに何人も同じような人を雇って、間違えたりしないのだろうか。

マリーゼの専属メイドたちはとくに叔父のお気に入りのようで、清掃のような業務をすることも、使用人たちの食堂に来ることもない。だから、メイドとして働いているリゼットの姿は知らないのだろう。

そんなことをぼんやりと考えているリゼットに、マリーゼは苛立ちを募らせる。

「お異母姉様のせいで気分が悪いわ」

それならば、わざわざ狭い自分の部屋に立ち寄らなければいい。

そう言いたいが、言ってしまえば叔父にきつく叱られてしまうことはわかっている。だから無言を貫くしかなかった。

理不尽だとは思うが、今は耐えるしかない。

あと三年経過して十八歳になれば、リゼットは成人する。

そうすれば叔父はリゼットの後見人から外れ、この屋敷から出ていく予定である。

それなのに心が晴れないのは、義母と異母妹の存在があるからだ。

父が亡くなってからやってきた義母は、当然のことながら父と結婚しているわけではない。だからこの家に関しては何の権利もないが、父の娘だという異母妹は別だ。

叔父は異母妹の後見人でもあり、その異母妹は、リゼットよりも一歳年下である。

もしリゼットが成人しても、今のままだと叔父は、マリーゼのためだと言ってこの屋敷に留まる可能性が高いだろう。

一歳年下のマリーゼが成人するまでは、あと四年だ。

(私が成人すれば、レオンス様と結婚することができるわ)

我儘なレオンスとの結婚には、また別の不安があった。

でも長年の婚約者であるレオンスは、結婚すればこのオフレ公爵家に婿入りする予定である。

さすがに叔父も、王子が継ぐ家を好き勝手にすることはできない。

リゼットが結婚すれば、領地にある別宅に、義母と異母妹を連れて移動することも考えられる。

そうなれば叔父や義母、異母妹から、解放される。

その日が来ることを、ずっと待ち望んでいた。

レオンスは、リゼットよりも一歳年上の十六歳だ。

貴族が通う王立学園は十五歳から入学するので、リゼットが入学する頃にはレオンスは二年生になるだろう。

(学園……)

その学園生活にも、リゼットは不安を抱いていた。

十五歳になったら学園に入るのは貴族の義務なので、いくら叔父でもリゼットを学園に入れないということはない。そんなことをしたら、罰せられるのは叔父である。

けれど叔父はリゼットに、家庭教師も雇ってくれなかった。父の遺した本を読んで自分なりに勉強してみたが、それでも充分ではないだろう。

勉強についていくことができるのか、一番心配だった。

それに、友人だってひとりもいない。

このキニーダ王国では、学園に入学できる十五歳になるまでは、王城で開かれる夜会に参加することはできない。

それまでは、それぞれの屋敷で開かれる茶会などで交流を図るものだが、リゼットが他家の茶会に招かれたことは一度もなかった。

オフレ公爵令嬢に対しては、招待状は届いているのだろう。

けれど参加するのは、いつだって異母妹のマリーゼだけだ。

開催されることさえ知らずにいたのに、体調不良だの、行きたくないと我儘を言っただのと勝手に断られ、代わりにマリーゼを参加させていたようだ。

「我儘なお異母姉様のお陰で、わたしはとても忙しいのよ」

わざわざマリーゼがそう教えてくれた。

お陰で誰とも会ったことがないのに、リゼットの評判は最悪だ。

そんなリゼットが唯一、参加することを許されているのは、王家の別宅で開かれるレオンスとの交流会だ。

第二王子であるレオンスの母は側妃であり、彼は母とともに王都内にある王家の別宅に住んでいる。

この国の習慣で、王城に住む王族は、王妃とその子どものみと決められていた。

それでも王城ほど堅苦しくない別宅で、レオンスはとても甘やかされ、自由奔放に育てられた。

リゼットとの婚約も、そんな息子の将来を心配した国王に父が懇願されて、承諾したのだと聞いている。

さすがにマリーゼを溺愛している叔父も、婚約者との交流会だけは、マリーゼに行かせるわけにはいかない。

婚約者として定期的にレオンスから贈られるドレスや装飾品も、きちんとリゼットに渡される。

その交流会とレオンスからの贈り物だけが、リゼットに自分は公爵令嬢だと思い出させてくれた。

マリーゼは、リゼットが自分よりも高級なドレスを着るのが気に入らない様子だったが、普段は異母妹に甘い叔父が、レオンスの贈り物だけはリゼットから奪ってはいけないと、強く言い聞かせているらしい。

一度、レオンスからの贈り物をマリーゼが気に入り、勝手に奪ってしまったことがあった。

そのときは、異母妹の評判が下がってしまうことを恐れた叔父によって、リゼットが自分で異母妹に譲ったことになったらしい。

だが贈り物を勝手に譲られたと聞いたレオンスは怒り、わざわざ叔父を呼び出した。

婚約者からの贈り物を、異母妹にとはいえ、簡単に譲った。レオンスはそれを、自分が軽視されたように思って、怒ったようだ。

身に覚えのないことだったが、リゼットも必死に謝罪した。

王族の怒りは、叔父にも恐ろしいものだったらしい。

その日、王家の別宅から屋敷に戻った叔父は、マリーゼからそのドレスを取り上げた。

今まで何でも言うことを聞いてくれた叔父が急にそんなことをしたものだから、マリーゼは泣き喚(わめ)いた。

それは凄(すさ)まじい有様で、リゼットよりも一歳年下でしかないのに、まるで小さな子どものようだった。

癇癪(かんしゃく)を起こした、我儘な子ども。

それを見たとき、リゼットは初めてマリーゼを哀れに思った。

父はとても優しかったが、リゼットが間違っていたときはきちんと叱ってくれた。

ただ叱るだけではなく、どうしていけないのか。その結果どうなるのかを、わかりやすく説明してくれる人だった。

マリーゼは、そんな父に叱られることなく育ってしまったのだ。

だから自分の欲望だけを優先して、それが叶わないと泣き喚くことしかできないのだ。

（お父様は本当に、マリーゼの存在を知っていたのに放置していたのかしら……）

最近はマリーゼの姿を見ていると、そんなことも考えるようになった。

父が亡くなったのは五年前で、リゼットはまだ十歳だった。

ひとりで残されてしまったことが悲しくて、ただ叔父の言うことを受け入れることしかできなかった。

だが今思えば、すべてを鵜呑みにするのは間違っていたのかもしれない。

母が亡くなったあとにマリーゼの母と出会い、惹かれていたのが事実だったとしても、父は自分の子どもを放置するような人ではない。

父はマリーゼのことを、自分にはもうひとり娘がいたということを知らなかったのではないか。

今となっては確かめることはできないが、リゼットはそう思っていた。

マリーゼから取り上げたドレスを、叔父は忌々しげにリゼットに投げてきた。

レオンスに叱咤された苛立ちを、リゼットにぶつけなくては気が済まなかったのだろう。

（叔父様も、昔と変わってしまった……。ううん、これが本当の叔父様だったのかもしれない）

五年前の自分は、あまりにも愚かだった。

それからは、レオンスの贈り物だけはきちんとリゼットに届けられるようになった。

贈り物は、流行のドレスや装飾品など、当たり障りのないものばかりである。

彼自身が選んだものではないのは明白ではあったが、それでもリゼットが自分のものとして手にすることができるのは、これだけだ。

あの件で、マリーゼはリゼットに対する恨みを募らせてしまったようだ。

先ほどのように、用もないのにリゼットの部屋を訪れては、貶(おとし)めるような言葉を口にしていく。

何を言われてもリゼットが聞き流しているのも、気に入らないのだろう。

けれど春になれば、リゼットは王立学園に入学する。

オフレ公爵家の屋敷は王都にあるが、学園には地方から通う者のために、学園寮もあった。

リゼットは、その学園寮に入るつもりだ。

そうすれば名だけの家族とも、リゼットを公爵家の令嬢として扱わない使用人たちとも離れられる。

叔父は一応、学園に入るための手続きはしてくれたようだ。

貴族籍を持っているリゼットが学園に入らなかったら、罰せられるのは後見人である叔父なのだ。

だからリゼットの将来のためではなく、自分の保身のためだろう。

学園の寮に入りたいと伝えていたので、その手続きもしてくれたが、寮に連れて行くメイドなどの手配はしてくれなかった。

リゼットに付き従う者などいないし、むしろ今までのような態度なら、いない方がましだ。それに放置されていた間、メイドとして働いていたので、自分のことは自分でできるようになっていた。

（ああ、はやく春にならないかしら……）

まだ寒さの残る朝。

暖炉の火もない暗い部屋で寒さに凍えながら、リゼットは春を待ち侘(わ)びていた。


そして、季節は巡る。

春になり、リゼットは無事に王立学園に入学することができた。

叔父からの支援などまったく期待できない。

リゼットは自分で準備を整え、荷物を持って公爵邸を出た。

付き添いはもちろん、見送る者もいない。

馬車も出してもらえないようなので、徒歩で行くつもりだ。同じ王都内だし、荷物も多くないので大丈夫だろう。

（学園が、制服でよかった）

父に買ってもらった服は、小さくなってしまってもう着られなかった。

レオンスから贈ってもらったドレスしかないので、もし学園が制服ではなかったら着るものにも困っていただろう。

荷物をきっちりとまとめ、自分の狭い部屋を出る。

リゼットがいなければ、ここもまた倉庫に戻るのかもしれない。

さすがにドレス姿で町を歩くわけにはいかないから、いつものメイド服を着ている。

すっかり着慣れてしまって、ドレスよりも快適なくらいだ。

何度も休みながら、ゆっくりと王都の町を歩く。

ただメイドが荷物を運んでいるようにしか見えないので、危険な目に遭うこともなく、夕方には学園寮に辿り着くことができた。

学園寮の警備員には、オフレ公爵令嬢リゼット付きのメイドで、荷物を届けに来たと告げる。

警備員は名簿を見て、リゼットはまだ到着していないと言ったが、荷物を部屋まで届けることを許可してくれた。

（よかった……）

リゼットは自分の部屋に荷物を置くと、学園の制服に着替え、書類を持って受付に向かう。

地方から寮に入る学生が次々と到着していたので、そう不審に思われることもなく、受付を済ませることができた。

今まで住んでいた場所よりも遥かに上等な部屋で、リゼットはソファに座ってゆっくりと深呼吸をした。

メイドとして少し働いたことがあるとはいえ、さすがに歩き続けたので足が痛い。はしたないとは思うが、制服のまま靴を脱いで、ベッドの上に座った。

ここには叔父がいない。義母もいない。

憎々しげに自分を睨み据える、マリーゼもいないのだ。

解放感から、思わず笑みを浮かべてしまう。

それでも、浮かれてばかりもいられない。

リゼットにとってこの学園生活は、とても貴重なものだ。

今までの遅れを取り戻すのは容易ではないだろうが、この三年間で、公爵令嬢として必要なことをしっかりと学ばなくてはならない。

だが他の貴族の令嬢たちと違って、リゼットの場合は、ただ勉強をしていれば良いというわけではない。メイドがひとりもいないので、自分の力で生活していかなくてはならない。

ベッドに座ったまま、寮生活のためのパンフレットを開く。

学園寮の部屋は綺麗だったが、食堂はなかった。

ここに住んでいるのは貴族ばかりなので、安全のためにも、それぞれ連れてきたメイドが主のために食事の支度をするようだ。

(私は、自分で食事の用意をしなくてはならないのね)

公爵家では専用の料理人がいたので、食事の支度はメイドの仕事ではなかった。少し不安だったが、自分で何とかするしかない。

次に、寮の地図を広げた。

一階には受付と、多目的ホール。図書室もある。

共同で使える広いキッチンと、食材を売っている店もあるようだ。メイドたちは町に出なくともここで材料を揃え、主のために食事の用意をすることができるようだ。

(一階の共同のキッチンも使えるけれど、私の部屋でも、料理ができるようになっているのね)

部屋によっては共同キッチンしか使えないようだが、爵位によって部屋の大きさが違うようなので、一応公爵令嬢であるリゼットの部屋は、この寮の中でも最大のものなのだろう。

もっとも高位貴族の令嬢はほとんど王都に住んでいるので、寮を選んだのはリゼットしかいないかもしれない。

「本当に広い部屋ね」

見渡して、思わずそう呟く。

メイドの部屋もあり、応接間もある。

屋敷では物置だった場所に押し込められていたので、少し持て余すくらいだ。

持ち出せたのは、レオンスから贈られたドレスと、着古した部屋着のみ。

着替えくらいしか持ってこられなかったので、備え付けの家具があってよかったと思う。

ここで、リゼットの新しい生活が始まる。

来年になればマリーゼも入学するだろうが、学年が違うため、会う機会もほとんどないだろう。

「今から来年のことを考えても、仕方がないわ」

そう声を上げると、気合を入れるように頬をぱちりと叩いた。

今は来年のことなど考えずに、新しい学園生活のために、色々と準備をしなくてはならない。

服を着たり髪を整えたりするのは、もうひとりでできるが、料理だけはしたことがない。

（これからは、料理も覚えないと）

誰にも頼れないのだから、自分で何とかするしかなかった。

もう一度制服からメイド服に着替えて、学園内を歩く。

同じように各家のメイドが、主のために忙しく歩き回っていた。

食材を売っているのは、共同キッチンのすぐ近くだ。子爵や男爵の部屋にはキッチンがないようで、すでにたくさんのメイドが集まっていた。

彼女たちの手順をそれとなく眺めたあと、寮内にある販売店で食材を買う。

父の遺産はあるが、成人するまでは受け取ることができないようになっている。

叔父が後見人になってからも祖父が管理してくれて、亡くなる際に遺産を管理する公的機関に預けてくれた。

そのお陰で叔父も、父の個人的な遺産には、手を出すことはできなかった。

公的機関が手続きをしてくれるので、学費はそこから支払える。

（三年間の生活費だけは何とかしないと）

それは自分の屋敷でメイドとして働いた給金で、何とかするしかない。

（パンがそのまま売っていて、よかった）

さすがに、手順を覚えて上手（うま）く焼けるようになるまでは時間が掛かるだろうし、それまでにパンが食べられないのはつらい。

部屋に戻ると、さっそく夕食の支度に取りかかる。

調理道具は、共同キッチンで借りることができた。

そこでメイドたちがやっていたように、野菜を小さく切って鍋で煮てみる。

きっとスープになるだろうと思っていたが、味があまりしない。

「ああ、調味料が必要なのね」

今度は調味料も揃えなければならないだろう。

野菜も煮崩れてしまったものや、まだ硬いものなどがあって失敗のようだ。

それでも、初めて自分で作った食事だ。

キッチンから借りてきた食器に盛りつけすると、ダイニングルームに運ぶ。

買ってきたパンをスープと一緒に半分だけ食べて、残りは明日の朝に食べるつもりだ。

「……おいしい」

スープは失敗したが、パンは硬くなく、柔らかだった。

柔らかいパンはひさしぶりだ。

それに感動してもう少し食べたいと思うが、そうすると明日の朝の分がなくなってしまう。

三年間でどれくらいのお金が必要になるのか、まだ見当もつかない。しっかりと把握できるまで、節約するべきだ。

（うん。我慢しよう）

リゼットはあと片付けを終えると、着替えをしてベッドに潜り込んだ。

ここまで歩き、色々と準備をしたので疲れ果てていた。

（これから、学園生活が始まる……）

あの屋敷から離れたことで、気持ちも少し上向きになっていた。

いずれオフレ公爵家を継ぐレオンスの役に立てるように、しっかりと勉強を頑張ろうと思う。

けれど、新しい生活は思っていたよりも順調ではなかった。

いくらメイドとして働いたことがあるとはいえ、リゼットは公爵家の令嬢である。

毎日、自分で部屋を掃除して、食事の支度まですると、さすがに疲れ果ててしまう。

この生活に慣れるまではまったく余裕がなく、そのせいで、友人を作る機会を逃してしまったようだ。

周囲はもともと学園に入る前に、お茶会などを開催して交流していた者がほとんどだ。

でもリゼットは、あとで招待されたお茶会を叔父が勝手に断っていたことを知った。

だから、知り合いがひとりもいなかった。

それなら自分から積極的に声を掛けなくてはならなかったのに、そんな余裕もなかった。

気が付いたときにはグループができていて、リゼットはクラスで浮いた存在になってしまっていた。

リゼットが、身分にふさわしくない姿をしていたこともその理由かもしれない。

いくら自分で必死に整えていたとはいえ、生まれたときから大切に育てられた令嬢たちとは、見た目の違いが出てしまう。

満足に食事も与えられなかったので、身体はひどく痩せている。

清潔に保ってはいたが、髪にも肌にも艶がない。

下手をすれば、寮で目にする他家のメイドの方が美しい容姿をしているくらいだ。

そんな様子を見て、オフレ公爵家でリゼットは大切にされていないとわかってしまったのだろう。

気が付けば、屋敷にいたときと同じような状態になっていた。

すれ違いざまに、くすくすと笑われる。

聞こえるように、陰口を言われる。

そんなことをする者たちは、とくにリゼットがレオンスの婚約者であることが気に入らないようだ。あんな女がレオンス様の婚約者だなんてと言われることが、一番多かった。

寮の部屋に戻ったリゼットは、鏡を見て溜息(ためいき)をつく。

綺麗に整えてはいるが、艶のない黒髪。

青白く、痩せた頬。

輝くばかりに美しいレオンスの隣に、こんなにやつれた容貌のリゼットはふさわしくない。

(たしかに、言われても仕方がないのかもしれない。何とかしなくては)

学園で友人がひとりもいないことや、陰口を言われることは、それほどつらくなかった。

孤独はすっかりこの身に馴染み、もう日常のようなものだ。

けれどレオンスに見捨てられるかもしれないのは、さすがに怖い。

リゼットに残されたのはもう、レオンスとの婚約だけなのだ。

それから毎日。

授業が終わると、すぐに学園寮に戻り、寮内にある図書室に向かう。

寮生活にも慣れてきたところだったので、少しでもこの生活を改善させなくてはならない。

(まず、食事よね。栄養のあるものを食べて、体力をつけないと)

図書室には色々なジャンルの本があって、料理や栄養学の本もあった。

それを借りて部屋に戻り、一生懸命勉強をした。

料理も少しずつ上達はしていたが、やはり学園寮で販売されている食材はかなり上等なもので、割高だ。

まだ失敗が多く、資金も限られているので、ここは少しでも節約したい。

「どうしようかな……」

他家のメイドたちをそれとなく観察すると、彼女たちは、たまに主の命令で外に出て買い物をしているようだ。

だから学園が終わったあと、思い切ってメイド服を着て町に出てみることにした。

下町に行くほど安いらしいが、治安も良くないらしく、さすがにそこまで行く勇気はない。

大通りの商店街に行くのがやっとだった。

それでも寮で販売されている食材よりも、かなり安く手に入れることができた。

出かけるまでは少し怖かったが、町の人たちは、今まで会ったどんな人たちよりも、親切で優しかった。

「売れ残ったもので申し訳ないけど、これも持っていきな」

そう言って、パンや野菜を分けてくれる人もいた。

「売れ残りの野菜でも、スープにするとおいしいよ。パンも色んな調理法があるからね」

簡単でおいしい料理の作り方を教えてくれる人もいた。

リゼットが公爵令嬢だと知らない人たちの方が、親切で優しい。

屋敷にいるよりも学園にいるよりも、町にいるときの方が、心が安らいだ。

色々な人に教えてもらったこともあり、料理も少しずつ上達している。

図書室の本を見て、栄養バランスを考えながら料理をしているとき、考えるのは亡き父のことだった。

母が亡くなってから、その喪失を埋めるように仕事に没頭していたので、疲れが溜（た）まっていたのかもしれない。

優しい父だったが、リゼットでは父の悲しみを癒すことはできなかったのだろう。

父は、ある日突然倒れて、それからすっかり身体が弱り、最後にはほとんど寝たきりになってしまった。

今思えば倒れる前も、少しずつ異変はあった。

随分と、肌が青白かった。

頻繁に眩暈（めまい）がする様子だった。

目が見えにくいと口にしていた。

リゼットと一緒に食事をすることがなくなった。

ほとんど食べていなかったのかもしれない。

主治医は過労としか言わなかったが、もっと重い病気を患っていた可能性がある。

何度も薬を変えて何とか回復させせようとしていた様子だったが、弱った父の身体はもう、薬さえも受け付けなかった。

あまりにも身体が弱ると、身体を回復させるための薬さえも、負担になる。

リゼットは、いかに食事が大切なものか思い知った。

だからこそ少ない資金で栄養のある食事をするには、手間をかけるしかないと悟った。

町の人たちに教えてもらった節約方法で、硬い肉でも柔らかくなるまで煮込めば栄養のあるスープになること、残り物のパンでも、調理すればおいしくなることを知った。

そしてきちんと食事をするようになると、体調が悪くなる日が減り、疲労が翌日まで残ることがなくなった。

「……お父様にも作って差し上げたかった」

自分で用意した食事を並べながら、リゼットはぽつりとそう呟く。

今日のメニューは牛肉を煮込んだシチューに、温め直したパン。そして野菜のサラダにフルーツジュースだ。

弱った父には食事も苦痛の様子で、どんなに料理長が食べやすく工夫しても拒んでいたが、リゼットが作れば食べてくれただろう。

母に向けるほどではなかったかもしれないけれど、父はリゼットを愛してくれていた。その愛を疑ったことは一度もない。

最初は少量で、消化の良いものから少しずつ食事の量を増やしていけば、体力も回復したかもしれない。

体力が回復すれば、薬も効いただろう。

（ああ、でもお父様はもういないのね）

父に作る料理を考えていたリゼットは、ふいに現実に引き戻された。

どんなに後悔しても、過去には戻れない。

それがわかっているのに、願ってしまう。

リゼットは亡き父を思い出して、ひとりで涙を零した。


学園に入学してから、もう一年が経過しようとしていた。

きちんと食事をしたお陰で体力もついて、学園での勉強も捗るようになった。

黒髪にも艶が戻り、もう肌もかさついていない。

けれど一度クラスで浮いてしまったリゼットが、クラスメイトに受け入れられることはなかった。

そのことに関しては、もう気にしてはいなかった。

もし仲間に入れてもらったとしても、今まで他の貴族令嬢と関わっていなかったので、今さら何を話せば良いかわからなかった。

町には仲良くなった人たちが多いし、彼女たちと節約レシピや、どの店の商品が一番質が良く、安いのかを話していた方がよほど楽しい。

公爵家の屋敷の奥で、息をひそめて暮らしていたときよりも、リゼットはしあわせだった。

さらに、気になることがひとつあった。

学園に入学してから、婚約者のレオンスとの交流が途絶えてしまったのだ。

以前は交流を深めるために、定期的にお茶会をしていた。

形式的とはいえ、ドレスや装飾品などの贈り物も届いていたはずだ。

それがすべて、なくなってしまった。

不安になったが、リゼットからレオンスに連絡を取る手段はない。

叔父に言っても連絡などしてくれないだろうし、学園内で会うこともできない。

この学園では学年ごとに校舎が分かれていて、用事のない者は他の学年の校舎に足を踏み入れることはできなかった。

もちろん、レオンスから声を掛けられたら可能である。

だから学園に入れば、レオンスに呼ばれて交流ができると思っていた。

けれど一度も呼ばれることはなく、王族であるレオンスに関しては、手紙を出すことさえ禁止されていた。

ずっとそのことが、気懸かりだった。

(でも、寮にいる他の人たちが話していたわ。学園に在籍している間は、婚約者とはそう頻繁に会えないものだと。卒業して、夜会に参加できるようになってから、本格的な交際が始まるって……)

そう言っているのを聞いて、大丈夫だと思い込もうとした。

だがレオンスは、自分を軽視されることを何よりも嫌っていた。

それをよく知っている叔父は、リゼットが学園寮に入ったことを伝えなかったのだ。王都に屋敷があるリゼットがわざわざ寮に入るとは思わなかったのかもしれない。

調べればわかることではあるが、レオンスもそこまでリゼットに興味はなかったのだろう。

だからレオンスから贈り物が届いても、お茶会の誘いがあっても返事をしないリゼットに怒り、異母姉(あね)の失態を詫(わ)びる形で対面していたマリーゼと、交流を深めていたのだと、あとから気が付いた。

そして季節は巡り、二度目の春が来る。

今日は、新入生の入学式がある。

異母妹のマリーゼも、学園に入学する予定であった。

だが王都内に屋敷があるマリーゼは、屋敷から毎日馬車で通うようだ。学年も違うので、顔を合わせることはほとんどないと思われる。

学園内にあるホールでは、入学式が行われていることだろう。

それが終わったあとは、広い中庭を通って帰宅する。

中庭には、たくさんの在校生が花を持って新入生を待っている。

リゼットも、その中に交じって新入生を迎えた。

入学式を終えた新入生には、縁のある在校生が花を渡して入学を祝うという習慣がある。

一年前、そんな習慣があることさえ知らなかったリゼットは、誰からも花をもらわずにこの中庭をひとりで歩いた。

周囲の人間がなぜ笑っているのかわからずに戸惑っていたが、おそらく花ひとつもらえないリゼットのことを嘲笑っていたのか。

知らなくてよかったと、今になって思う。

ホールでの入学式を終え、それぞれ教室に向かう新入生を眺めながら、リゼットはそんなことを考えていた。

一年ぶりに見るマリーゼは、相変わらず可愛らしく装い、周囲を友人たちに囲まれていた。

きっと叔父がマリーゼのためにふさわしい家柄の令嬢を招き、お茶会など頻繁に開催して仲良くなったのだろう。そんなマリーゼに、花を持ったたくさんの人たちが集まる。

「もう、そんなに持てないわよ」

くすくすと笑いながら楽しそうに、マリーゼは言う。

たくさんの人に愛されているマリーゼは、今も亡き父の愛を求めているのだろうか。

ふと、周囲の生徒たちが頭を下げていることに気が付く。

高貴な身分の人がいたのかもしれない。

そんなことを思って視線を向けたリゼットは、それが自分の婚約者であるレオンスだと気が付いて、驚いた。

彼は大きな花束を持っていて、マリーゼに近寄っていく。

「……レオンス様」

目の前に立った彼に、マリーゼは控えめな笑顔を向ける。

いつも勝ち誇ったように、見下した視線でリゼットを見ていたマリーゼとは思えないほど、穏やかな笑顔だった。

「レオンス様に、花をいただけるなんて」

そう言いながらうっとりと頬を染めるマリーゼは、異母妹の本性を知っているリゼットから見ても、目を奪われるくらい愛らしい。

(どうしてレオンス様が……)

呆然とその景色を見つめるしかないリゼットの前で、ふたりは親しげに会話を交わしている。

「いつも異母姉がご迷惑をお掛けしておりますのに」

「……ここ一年、一度も交流のための茶会にも参加せず、贈り物の礼状さえ寄越さない女のことなど、どうでも良い」

レオンスは吐き捨てるようにそう言うと、マリーゼに手を差し伸べた。

「入口まで送ろう」

「あ、ありがとう、ございます」

頬を赤らめたマリーゼが、おそるおそるレオンスの手を握る。

その光景を見ていたリゼットは、血の気が引く思いがした。

(お茶会……贈り物……。まさかレオンス様はこの一年、ずっと公爵家の方に連絡を……)

たしかに王家から連絡があるのは、いつもオフレ公爵家にであり、今は当主代理である叔父宛だった。

レオンスの機嫌を損ねるのが嫌で、叔父はいつもその連絡だけは、メイドを通してリゼットに伝えてくれた。

贈り物の礼状もそうである。

けれどリゼットは屋敷を出た。

きっと叔父は、リゼットとレオンスを引き離す好機だと思ったのだろう。

もしレオンスから連絡が来ても、リゼットが嫌がって欠席した、贈り物の礼状も出さなかった、そう報告をされてしまえば、レオンスはリゼットを忌々しく思う。

もともと側妃の第二王子という身分のせいで、自分を異母兄の代替品だと思っている彼は、侮られるのが一番嫌いなのだ。

(どうしよう……。このままでは……)

何とかして、誤解を解かなくてはならない。そう思ったリゼットは、レオンスに声を掛けた。

「レオンス様」

だが、リゼットの声が聞こえているだろうに、レオンスは無視して立ち去ろうとしている。

リゼットは思わず、そんなふたりの前に立った。

進路を遮ったリゼットを、レオンスは忌々しそうに睨む。

「何のつもりだ」

いつも面倒そうではあったが、こんなに冷たい声で言われたことはなかった。

「あ、あの……」

思わず身を竦ませるリゼットを、レオンスは突き飛ばした。

「邪魔だ」

「あっ」

少し体力がついてきたとはいえ、男性に力一杯突き飛ばされて、留まれるはずもない。無様に地面に転がったリゼットに、マリーゼが駆け寄る。

「ああ、お異母姉様」

優しいのは、その声だけ。

マリーゼはひどく歪んだ顔で、リゼットを見下ろした。

「無様ね。学園でも、嫌われていると聞いたわ」

周囲に聞こえないように小声で、けれど深い憎しみを込めて、マリーゼは言う。

「わたしとお母様から、お父様を奪うからよ。あなたを愛する人なんて誰もいない。もしいたとしても、わたしが全部奪ってやるわ。絶対に、許さないから」

「……っ」

強い憎しみをぶつけられて、硬直する。

マリーゼは、実の父の愛を知らずに育った。

どんなに義母や叔父に愛されても、大勢の友人に囲まれていても、その心は満たされなかったのだろうか。

そして、父の愛を当たり前のように受けていたリゼットを、これほどまでに憎んでいる。

「お前は優しい女だな。だが、そんなものは放っておけ」

「……はい」

マリーゼは心配そうな表情でリゼットの傍を離れると、そのままレオンスに手を取られて中庭を出ていく。

ひとり残されたリゼットは、ただ呆然とその光景を見つめていた。

レオンスの蔑むような視線が、マリーゼの憎悪の言葉が、胸に深く突き刺さる。

リゼットにとっては、マリーゼこそが何もかも奪った相手だ。

けれどマリーゼが悪いかというと、そうとも言い切れない。

苦労して育ったというマリーゼは、公爵令嬢として生きてきたリゼットを見て、異母姉妹なのにどうしてこんなに違っているのかと、リゼットを恨み、憎んだことだろう。

その憎しみはマリーゼのもので、どんなに理不尽だと思っても、リゼットが否定することはできない。

(でも……)

ここまで憎まれているとは、思わなかった。

周囲の人たちは、婚約者に捨てられたリゼットを嘲笑っている。

みっともなく縋ったことも、マリーゼがそんなリゼットに駆け寄ったことも、明日には誰も知らない者がいないくらい、大きく広がっていくのだろう。

それでも立ち上がることができなくて、リゼットはそのまま座り込んでいた。


予想していたように翌日には、リゼットの悪評は学園中に広がっていた。

もともと浮いていたところに、あんなに大勢の前でレオンスに罵倒されたのだ。

この婚約は王命であり、普通であれば、簡単に破棄することはできない。

レオンスは、オフレ公爵家を継ぐ予定である。

けれど、その相手がリゼットでなくともかまわない。

オフレ公爵家には、もうひとり娘がいるのだから。

彼女たちはそう囁いた。

もしかしたらそうなるかもしれないと、リゼットもぼんやりと思う。

愛らしく優しいマリーゼは、たちまち学園で人気となった。

大勢の人たちが彼女に群がり、その容姿を、優しい人柄を褒める。

マリーゼは謙遜しながらも、嬉しそうに微笑んでいた。

そんなマリーゼを、レオンスは毎日のように呼び出していた。

とくに中庭にあるテラスで、マリーゼと話すのが好きらしい。今日も護衛を連れて、中庭でマリーゼと寛いだ時間を過ごしていた。

(レオンス様……)

リゼットは、そんなレオンスと話がしたくて、中庭に通っていた。

茶会の連絡も、贈り物も、何ひとつリゼットに届いていない。それをきちんと話せば、きっとレオンスはわかってくれる。

初対面のとき、自分の失言を謝罪してくれたレオンスならば。

けれど、彼と話をすることはできなかった。

話しかけても、レオンスは聞こえなかったように振舞う。そしてリゼットの存在など無視して、マリーゼと楽しく語らっている。

「しかし連絡しておいたにも拘らず、肝心の婚約者が不在とは、あのときは驚いたな」

「……その節は、本当に申し訳ございませんでした。このままお帰ししては非礼を重ねることになると、母が言うものですから。わたしが姉の代わりに、お相手をさせていただきました」

「なるほど。たしかにあのまま追い返されていたら、ますます機嫌を損ねていたぞ。お前の母は、なかなか気の利く女性だ」

「恐れ多いことでございます」

レオンスと話がしたくて立っていることを知っているだろうに、ふたりはリゼットの存在など忘れたように、その失態を語る。

レオンスとマリーゼを引き合わせたのは、どうやら叔父ではなく義母だったようだ。

何度も繰り返されるうちに、レオンスはすっかりマリーゼを気に入ってしまったのだろう。

それもマリーゼが、レオンスが好む、控えめで従順な女性を演じているからだ。しかもリゼットと違って、マリーゼはとても愛らしい。

「そうだ。今度、お前にドレスを贈ろう」

「え？」

マリーゼは嬉しそうに目を輝かせたが、それから狼狽えたように視線を彷徨わせる。

「とても嬉しいです。ですが、レオンス様はお異母姉様の……」

「気にせずとも良い。どうせ向こうに贈っても、今までと同じように放置したままだろう」

そんな話をして笑い合ったあと、ふたりは立ち上がる。

そろそろ午後の授業が始まる時間だ。

「あ、あの。レオンス様」

マリーゼは遠慮がちに声を掛けて、立ち尽くすリゼットを見た。

「どうした、マリーゼ」

リゼットがいることなど知っているのに、レオンスは何も知らないふりをする。

「申し訳ございません。お異母姉様がかわいそうで……。せめて、ひとことだけでも」

「何を言っているんだ、マリーゼ」

レオンスは、皮肉そうに笑う。

「そこには、誰もいないだろう」

その冷たいひとことが、リゼットの心に突き刺さる。

話せばわかってくれると思っていた。

けれどレオンスにとって、リゼットはもう見る価値もないものらしい。

立ち去るふたりを、呆然と見つめることしかできなかった。

しかも、中庭でその様子を見ていた者たちが、レオンスのようにリゼットの存在を無視するようになったのだ。

「そこには誰もおりませんわね」

「誰もいないよな」

侮蔑の表情を浮かべて言う彼らに何も言い返せず、リゼットは静かに立ち去るのが常だった。

(間違ったのは、私……)

学園なら、屋敷からも通える距離だ。

馬車を出してもらうことはできないかもしれないが、徒歩でも行ける距離である。

リゼットは、どんなにつらくともあの屋敷を出てはいけなかったのだ。

そうすれば、どんなにマリーゼがリゼットを憎く思っていても、義母がレオンスとマリーゼを接近させようとしても、どうにもならなかった。

レオンスはリゼットの言い分を聞こうともせず、一方的に責めた。

邪魔だと言って突き飛ばし、存在を無視する。

さらに周囲を煽(あお)ってリゼットを孤立させ、その様子を楽しんでさえいる。

さすがにレオンスとの婚約を大切にしていたリゼットも、このまま彼と婚約していたいとは思えない。

きっと初対面の顔合わせのときに謝ってくれたのも、国王に叱られて、渋々謝罪してくれただけだったのかもしれない。

レオンスと結婚し、オフレ公爵家を叔父から取り戻したかった。

けれど、もうそれは不可能かもしれない。

これから先、どうするべきか。

リゼットは、静かに考えを巡らせていた。

# 第二章

リゼットは、教科書から顔を上げて、窓の外を見つめた。

いつもなら授業中の時間だったが、今日は教師の都合で自習になっていた。

他の生徒たちは、友人同士でおしゃべりをしている。リゼットには話す相手もいないので、自習をしていた。けれど、ふとした瞬間にこの間のことを思い出して、溜息をついてしまう。

レオンスに「いないもの」として扱われてから、もう中庭には行っていない。

あれほど嫌われてしまったのだから、もう何を言っても無駄だとわかってしまった。

きっとレオンスとリゼットの婚約は解消され、マリーゼと婚約を結び直すのだろう。

この婚約はオフレ公爵家と王家の間で交わされたものであり、リゼット個人のものではないのだから。

婚約を結んでくれた父はもうおらず、後見人で公爵代理の叔父は、レオンスがマリーゼを望めば、喜んで承諾するだろう。

そうなれば、オフレ公爵家はレオンスとマリーゼが継ぐ。

理不尽だと思うが、リゼットも、もうレオンスとの結婚を熱望する気持ちはなくなっていた。

こちらの話を聞こうともせず、一方的に責めたてる人と結婚しても、しあわせになれるとは思えない。

しかも、レオンスはマリーゼに惹かれている。

（だとしたら、これから先のことを考えないと……）

学園を卒業したら、屋敷から追い出されるかもしれない。

修道院に入れられてしまう可能性もある。

でも一年間、この学園寮で生活してきたので、学園に入る前よりは気持ちの余裕がある。

ある程度なら料理もできるし、掃除などもやったことがある。

それに、学ぶことも楽しかった。

これからの役に立つかもしれないから、学園にいる間は、精一杯勉強をして、もっと知識を身につけようと思う。

授業が終わり、リゼットは誰よりも先に教室から出ると、そのまま寮に戻ろうとした。

けれど、ふと思い立ち、いつもとは逆の方向に歩き出した。

学園に入学して一年が経過し、最近は時間にも少し余裕が持てるようになってきた。

そこで学園寮にある図書室に通い、色んなジャンルの本を読んでいたのだが、もうほとんど読みつくしてしまった。

だから、学園にある図書室に行ってみようと思ったのだ。

（あまり人がいない様子だったから、きっと静かだわ）

一年生だった頃も、何度か中の様子を眺めてみたが、ひとりかふたり、静かに本を読んでいるだけだった。

寮内の図書室も、いつも人がいない。

皆貴族なのだから、わざわざ図書室で本を借りなくとも、欲しければ自分で手に入れるのだろう。

(先生が、昔は貴族専門の学園じゃなくて、優秀な人であれば身分問わず入学できたと言っていた。だから図書室は、その名残ね)

本を買う余裕のないリゼットには、とても有難いことだ。

そんなことを考えながら、そっと図書室の扉を開く。

「あっ」

図書室に入ったリゼットは、先客がいることに気が付いて足を止めた。

入口からよく見える場所には広い机と複数の椅子が置いてあり、そこにひとりの男性が座っていた。

(……留学生？)

本を開いている彼は、この国ではとても珍しい容姿をしていた。

煌(きら)めく美しい銀髪に、青い瞳。白い肌をしている彼は、ユーア帝国の出身だと思われる。

(ユーア帝国からこの国に留学に来るなんて)

ここ一年間で、リゼットもたくさんの本からこの国の情勢、そして他国の状況を知った。

ユーア帝国は古くからの友好国ではあるが、かなりの大国だ。学問も軍事力も上回る帝国から、

この国に留学に来る者などいないだろう。

どうやら他に人はいないようだが、図書室に入っても良いかどうか迷っていると、気配を感じたのか、ふいに彼が顔を上げる。

青い瞳で射貫くように見つめられて、思わず息を呑む。

彼は、美形のレオンスを見慣れているリゼットでも見惚れてしまうほど、整った容姿をしていた。

それなのにこちらに向けられた瞳は鋭く、昏い陰がある。

どうしたら良いかわからずに立ち尽くすリゼットから、彼は忌々しそうに視線を逸らした。

「……っ」

リゼットは身を翻して、図書室から逃げ出した。

異母妹を虐める性格の悪い公爵令嬢が、とうとう婚約者の第二王子殿下から拒絶された。

婚約破棄も時間の問題だろうという噂が、学園内に広がっている。

きっとあの男性もその噂を聞いて、リゼットのことを疎ましく思っているのかもしれない。

誰もいない場所まで来て、ほっと息を吐く。

けれど少し落ち着いてみると、何も逃げることはなかったのではないかと思う。

リゼットは何も悪いことはしていない。

疚しいこともしていない。

ただ学園内にある図書室に行って、本を読もうと思っただけだ。学生ならば、誰だって図書室を使うことが許されている。

「学園にはきっと、寮とは比べものにならないくらいたくさんの本があるはず。自分のためにも、もっと知識を身につけないと」

明日もまた、図書室に行ってみよう。

そう決意した。

あれから何度か図書室に行ってみた。

けれど、いつも銀色の髪をした彼がいて、リゼットを見ると険しい顔をする。

それを見ると、あんなに決意をしたにも拘らず怯(ひる)んでしまい、図書室に入らずに帰ってしまうことが続いた。

図書室はとても広いのだから、中にさえ入ってしまえば良い。そうわかっているのに、どうしても足を踏み入れることができない。

あのすべてを拒絶するような、冷酷な瞳が恐ろしかった。

そんなことを繰り返していた、ある日。

授業が終わったあと、リゼットはまた図書室に向かっていた。

今日は授業が、いつもよりも早く終わったのだ。この時間なら、あの男性よりも先に図書室に入ることができるかもしれない。

そう思って急いでいると、図書室の前に誰かが立っているのが見えた。

(あ……)

また、あの銀髪の男性だろうか。

そう思って一度は足を止めたが、姿がはっきりと見える位置まで来ると、それがひとりの騎士であることに気が付いた。

（騎士が、どうして学園に？）

学園は警備兵によって厳重に見守られているので、たとえ王族であるレオンスが通っていても、騎士が警護することはないはずだ。

それなのに、どうしてここに騎士がいるのだろうか。

背が高く、漆黒の髪をした騎士は、リゼットが近寄ってきたことに気が付くと、警戒するようにこちらを見た。

「最近、この辺りをうろついていたのは、君か？」

「え？」

「ここで何をしている？」

「……っ」

強い口調ではないが、自分よりも大柄な騎士に静かに問い質(ただ)されて、思わずびくりと身体を震わせる。

図書室に来る目的など、ひとつだけだ。

「本を、読みに来ただけです」

よく見ると、彼の騎士服は近衛(このえ)騎士隊のものだ。

家庭教師をつけてもらえなかったリゼットは、このキニーダ王国のことさえ、自分で本を読んで学んだ。その本に、騎士の種類と制服が書かれていた。

あの本が正しいのならば、彼は王家に仕える騎士なのだろう。

（もしかして、レオンス様の警護に？　私が逆恨みをして、レオンス様に危害を加えるかもしれないから、警戒して……）

たしかにレオンスの仕打ちはひどいものだったが、仮にも王族なのだから、彼に何かするつもりはない。

それなのに近衛騎士が警護しなければならないほど、危険だと思われたのだろうか。

「私はもうレオンス様には近寄りません。ですから……」

「レオンス殿下？」

思い切って言ったのに、近衛騎士は先ほどの態度から一転して、困惑したようにリゼットを見つめる。

「あなたはどうして、レオンス殿下の名前を？」

「……私に関わりのある王族の方は、レオンス様だけですから」

そう答えると、彼は納得したように頷いた。

「ああ、私が近衛騎士だからですね。私はレオンス殿下とは、関わりがありません」

「え？」

彼の答えに今度はリゼットが困惑して、自分よりもかなり背の高い近衛騎士を見上げる。彼はリゼットの困惑が本物だと悟ったのか、態度を和らげる。

「図書室に本を読みに来たと言っていましたが、いつも入り口から入ろうとせずに、様子を伺っただけで帰っていた理由は？」

「それは……」

毎日のように図書室の中を覗いて、帰っていく。

たしかに怪しい行動をしたと、今さらながら気が付いた。

「先に図書室にいる方がいて、私がいると迷惑そうでしたので……。でも、どうしても本が読みたくて、もし誰もいなかったら本を借りようと思って、通っていました」

リゼットも正直に理由を述べると、近衛騎士は納得したように頷いた。

「そうでしたか。それは申し訳ないことをしました。私はゼフィール王太子殿下の護衛騎士、アーチボルドと申します。王太子殿下の命により、その図書室にいた方の護衛をしていました」

「王太子殿下の……」

ゼフィールはレオンスの異母兄で、この国の王太子である。

彼の母は数年前に病で亡くなっているが、この国の正妃だったので、彼はレオンスと違って王家の別宅ではなく王城で暮らしている。

そんな王太子の護衛騎士が護衛をしているのだから、図書室にいる銀髪の青年はとても身分の高い人なのだろう。

だから毎日のように図書室を訪れては、中を少し覗いただけで去っていくリゼットを、護衛していたアーチボルドも不審に思ったのだ。

「そうだったのですね。紛らわしいことをしてしまい、申し訳ございません。もうこの図書室には近寄りません」

学園寮の図書室の何倍もある蔵書には心を惹かれるが、王太子殿下の護衛騎士に守られるような人を不快にさせるわけにはいかない。

謝罪して立ち去ろうとしたけれど、アーチボルドは慌てた様子でリゼットを止めた。

「いえ、エクトル様には、私から事情を話してきましょう。ここは学園で、あなたは学園の生徒です。図書室を使う資格がありますから」

アーチボルドはそう言って中に入り、銀髪の青年に話しかけている。

リゼットはどうしたら良いのかわからずに、その場に立ち尽くしていた。

図書室に入れるのは嬉しいが、王太子殿下の護衛騎士に守られるような人と一緒にいるのは、恐れ多い。

しかも彼は、自分を嫌っているように見えた。

(どうしよう……)

でも、このまま立ち去るわけにもいかない。

動揺しながらも待っていると、アーチボルドはすぐに戻ってきた。

「お待たせしました。図書室には、自由にお入りください」

アーチボルドが、最初とはまったく違う優しい声でそう言ってくれた。

「ありがとうございます。ですが……」

「他に何か、問題でもありましたか？」

「私がいると、ご迷惑のように見えましたので」

正直にそう伝えると、アーチボルドは心配ないと言ってくれた。

「エクトル様は、あまり人と関わるのがお好きではないのです。そのせいで、そう見えたのかもしれないですが、大丈夫ですから」

使っても良いと言ってくれたのだから、遠慮せずに使わせてもらった方が良い。

リゼットも、そう思い直した。

「わかりました。それでは、図書室を使わせていただきます」

「突然、問い詰めたりして、申し訳ありませんでした」

「いえ。わざわざ私のために許可を取ってくださり、ありがとうございます」

アーチボルドに見守られながら、そっと図書室の様子を伺ってみる。

少し緊張したが、銀髪の男性はこちらに視線を向けることなく、静かに本を読んでいた。

それに安堵して、とうとう図書室に足を踏み入れる。

（すごい……）

想像以上の本の数に、リゼットはすぐに夢中になった。

ずっと勉強することができなかった反動なのか、今は知識を得るのが楽しくて仕方がない。閉館ギリギリまで本を読み、何冊か借りて、寮に戻った。

それからリゼットは、放課後になると学園の図書室に通った。

図書室の奥には司書がいて、穏やかで優しそうな、リゼットの母くらいの女性だった。彼女とも顔馴染みになると、おすすめの本を教えてくれた。

アーチボルドにエクトルと呼ばれていた銀髪の青年はいつも同じ席に座っていて、リゼットが図書室に入ってきても顔を上げることはない。

彼は護衛のアーチボルドが迎えに来るまで、ひとりで静かに本を読んだり、物思いに耽(ふけ)っていたりする。どうやら王太子のゼフィールの客人として、王城に滞在しているらしい。

第二王子であるレオンスさえ、用事がなければ立ち入れない場所である。憶測でしかないが、彼はユーア帝国でも、それなりに身分の高い人なのだろう。

リゼットは、そんな彼をたびたび見つめていたが、見惚れているわけではない。

もちろん怖いくらい綺麗な顔だと思うが、それよりも気になることがあった。

整いすぎて人形めいた印象を与える彼だが、あまりにも顔色が青白いような気がする。

(体調が悪いのかしら……)

けれどアーチボルドから人嫌いだと聞いていたので、自分から話しかけるようなことはしなかった。

この日も本を読むことに集中していたリゼットは、ふと誰かが目の前を歩いていく気配を感じて顔を上げた。

迎えに来たらしいアーチボルドが、いつもの席で本を読む彼に近付いていく。

「お迎えに上がりました」

「……ああ」

彼はひとことだけそう言うと、本を片付けようと立ち上がった。

「……っ」

少しだけ顔を顰めた彼を、騎士は慌てて支えようとした。けれど彼はそれを断ると、ひとりで立ち上がって本を片付ける。

図書室から出ていく彼らを、リゼットは思わず視線で追う。

（もしかして……）

おそらく、眩暈がしたのだろう。

父もよく立ち上がろうとしては、先ほどの彼のように顔を顰めていた。

その顔を顰めた様子に、父を思い出す。

ユーア帝国出身だと思われる彼は肌が白いので、周囲の人たちはあまり気が付かないのかもしれない。けれどあの青白さは、過労で亡くなってしまった父にそっくりだった。

父の死は、安らかなものではなかった。

痩せ細った青白い顔は、苦悶の表情を浮かべたままであった。

それはリゼットの心に、癒えない傷として今も残っている。

父の病と死は不幸の始まりであり、最大の悲しみだった。

もう誰にも、あんな思いをしてほしくない。

それからも何度か、図書室でエクトルを見かけた。

いつも同じ場所で静かに本を読んでいて、時間になると王太子の護衛騎士であるアーチボルドが迎えに来る。

青白い顔をしているときは大抵眩暈がするようで、それを見るとひどく心配になる。いつしか彼が図書室を出るまで、そっと見守ることが多くなった。

この日もリゼットは本を選びながら、いつもの場所にいるエクトルを見つめていた。

今日は、いつもよりアーチボルドの迎えが遅いようだ。図書室にいる司書は、用事があるらしく、ここにはいなかった。

そろそろリゼットも寮に戻って、自分の食事の支度をしなければならない。

(でも……)

今日の彼は、いつにも増して体調が悪そうで、心配だった。

本を開いているものの、文字を追っている様子はない。ずっと同じページを開いたまま、俯いている。

(夕食はパンと昨日の残りものだけにすれば、もう少し……)

せめて迎えの騎士が来るまでは、見守っていたい。

時間を確かめるように窓の外に視線を向けたリゼットは、眩しい光に目を細めた。

もう太陽は西に傾いて、朱色の光が図書室に差し込んでいる。

父は体調を崩してからは、眩しい光が苦手だった。

もしエクトルも同じならば、カーテンを閉めた方が良いかもしれない。そう思ったリゼットは、彼の邪魔をしないようにそっと窓に近付く。

やはりエクトルも、眩しいと思ったのだろう。

おそらくリゼットと同じようにカーテンを閉めようとして立ち上がり、案の定眩暈がしたのか、そのまま崩れ落ちた。

「！」

リゼットは咄嗟に駆け寄り、そっと様子を伺う。

目は固く閉じられていて、意識がないようだ。

青白い顔に、躊躇いがちに触れる。

熱はなく、むしろ体温は少し低いくらいだ。

（やっぱり、お父様と同じ……）

このまま床の上に寝かせてはおけない。

けれど眩暈がするときはあまり動かしてはいけないと、父の主治医は言っていた。そもそも長身の彼を、リゼットひとりでは動かせないだろう。

せめてと思い、彼の頭を自分の膝の上に乗せた。

このまま一刻も早く、護衛の騎士が迎えに来てくれるのを待つしかない。

恥ずかしさよりも、心配と不安が勝っていた。

「……ん」

小さく呻くような声が聞こえて、はっとして彼を見つめる。

どうやら気が付いたようだ。

リゼットはほっとして、小さく息を吐く。驚いてそのまま飛び起きてしまうと、また眩暈が悪化する可能性がある。

リゼットは彼が自分を見て驚く前に、声を掛けることにした。

「ゆっくりと、目を開けてください。まだ眩暈はしますか？」

なるべく柔らかな声で、穏やかに呼びかける。

まだぼんやりとしているからか、彼は素直にリゼットの助言に従ってくれたようだ。深みのある青い瞳が、ゆっくりと開かれる。

「ここは学園の図書室で、私は、ここで本を読んでいた者です」

リゼットの説明を聞いた彼の表情が、意識が鮮明になってきたのか、少し険しくなる。

アーチボルドが人嫌いだと言っていたくらいだ。意識のない状態で他人に勝手に触れられたら、不快にもなるだろう。

「勝手に触れてしまい、申し訳ございません。ですが、このまま少し安静になさった方が良いかと思われます」

そう進言したが、彼は無理にでも起き上がり、リゼットから離れようとする。

このままでは危ないと、思わず手を差し伸べた。

「放っておいてくれ」

けれどまた眩暈がしたのか、ふらついた。

「危ない！」

リゼットは咄嗟に、自分が下敷きになるような形でエクトルを庇った。

「……っ」

息が止まりそうな衝撃に、声を上げてしまう。

いくら彼が細身でも、人ひとり分の重さと衝撃は想像以上だった。

「何を」

エクトルは驚いてリゼットから離れたが、さすがにそれ以上は動こうとせずに、おとなしくその場に座った。

「すまなかった。怪我はないか」

そう聞かれて、リゼットは驚きながらも頷く。

「はい。大丈夫です」

衝撃はあったが、どこかを痛めたということはなさそうだ。

「それよりも、勝手に触れてしまい、申し訳ございませんでした」

「……助けてくれたのだろう。なのに忠告を無視して、君に怪我をさせてしまうところだった」

人嫌いで、きっとリゼットのことも疎ましく思っているだろう。そう考えていたのに、エクトルは自分に非があると謝罪してくれた。

「いいえ。私も、焦っていたとはいえ、非礼でした。ご無礼をお許しください」

そう謝罪し合っているところに、ようやくアーチボルドが迎えに来たようだ。

床に座ったまま謝罪し合うふたりを見て、困惑している様子だ。

「エクトル様？」

「いつものだ。彼女に助けてもらった」

その短い言葉で、アーチボルドはエクトルの体調が悪くなり、それをリゼットが介抱したのだと悟ったようだ。

「迎えが遅れてしまい、申し訳ございませんでした」

彼はそう謝罪すると、リゼットに向き直る。

「エクトル様を助けていただいて、ありがとうございます」

「いえ、そんな。それでは、私はこれで」

そう言って、借りた本を持って図書室を出る。

アーチボルドがいるのなら、もう心配はないだろう。

図書室から出ると、この周辺には、今日も誰もいない。

他の生徒はいつもどこにいるのだろう、と少しだけ考える。

マリーゼはきっと、たくさんの友人に囲まれて楽しく過ごしているに違いない。

けれど本を好きなだけ読める今の状況を、リゼットもそれなりに気に入っていた。

思いがけずエクトルと接してしまったが、明日からはまた、こっそりと見守るだけにしようと、そう思っていた。

それからも、リゼットは図書室に通っていた。

相変わらずいつもの場所にはエクトルの姿があって、図書室の前には護衛騎士がいるようになった。

最近はアーチボルドだけではなく、別の騎士が護衛しているときもある。

あの日、アーチボルドの迎えが遅れてしまったときにエクトルの具合が悪くなってしまったので、護衛の人数を増やしたのかもしれない。

ちらりとエクトルの方に視線を走らせると、今日は顔色がよさそうだ。それに安心して、本を借りてすぐに図書室を出る。

(夕飯は、何にしようかな?)

それほど色んな料理は作れないが、最近は失敗することが少なくなった。そろそろお菓子作りにも挑戦してみたいと思っている。

リゼットは、借りたばかりの本を開いた。

これも、お菓子作りの教本だった。

甘いものは父が亡くなってから一度も食べていないが、最近は昔のことをよく思い出すせいか、何となく作ってみたくなったのだ。

けれど本に掲載されている通りに作ろうとしたら、かなり材料費が掛かる。

(今度、町の人たちに良いレシピがないか聞いてみよう……)

そう思いながら歩いていくと、学園寮の前に誰かが立っていることに気が付いた。

(あ……)

遠目にもわかる黒髪は、以前エクトルを迎えに来ていたアーチボルドだ。最近は別の騎士がエクトルに付き添っていたが、見間違いではないだろう。

リゼットは、思わず足を止めてしまった。

王太子の護衛騎士が、学園寮の前に立っている。

(どうして、こんな場所に?)

周囲にいた寮生たちも気にしているようで、こっそりと彼に視線を送っていた。

不思議に思いながらも、自分には縁のないことだろうと、軽く会釈をして通り過ぎようとした。

けれどアーチボルドはリゼットを見つけると、ほっとしたように顔を綻ばせる。

「オフレ公爵家の、リゼット嬢ですね?」

「え?」

名前を告げた覚えはないが、きっと調べたのだろう。

王族に勤める近衛騎士なのだから、それくらい簡単なのかもしれない。

(でも、どうして私に?)

不思議に思いながらも、こくりと頷く。

「はい、そうです」

「実はゼフィール王太子殿下が、この間の件で聞きたいことがあると仰せです。王城まで来ていただけますか？」

アーチボルドの言葉に、リゼットはすぐに頷いた。

「承知いたしました。すぐに伺います」

王太子に呼ばれて、拒絶することなどできない。

制服のままで良いというので、寮に荷物だけ置き、そのまま彼に連れられて王城に向かう。

馬車に乗るのはひさしぶりで、王城には一度、レオンスとの婚約が結ばれた際に、父と一緒に行ったきりだ。

（懐かしい。意外と覚えているものね）

父と歩いた記憶が蘇り、少しだけ切なくなる。

王城に到着してもリゼットは質問ひとつせず、先に歩くアーチボルドに素直に付き従っていた。

どうして王太子が自分を呼び出したのかわからないが、ここでアーチボルドに質問を重ねても、彼はきっと話さない。

困らせてしまうだろう。

どのみち、王太子に会えばわかることである。

案内されたのは客間のような部屋で、そこで待っていたのは、呼び出した王太子のゼフィールと、彼の護衛をしている別の近衛騎士のふたりだけだ。

（ゼフィール王太子殿下……）

こうして対面するのは初めてだ。

長年第二王子のレオンスと婚約者だったが、ゼフィールと言葉を交わしたことは一度もなかった。

レオンスの異母兄であるゼフィールは、リゼットのひとつ年上のレオンスよりも、さらに四つほど年上だ。

レオンスと同じ金色の髪に緑色の瞳だが、華やかな容貌の異母弟とは違い、落ち着いた威厳のある雰囲気を纏っている。

引き締まった体軀は、隣に控える騎士にも劣らないだろう。

顔立ちは異母弟と同じく整っているが、普通の令嬢ならば見惚れるよりも先に気圧されてしまうに違いない。

「仰々しい挨拶は必要ない。ただ、礼を言いたかっただけだ」

部屋に案内されたリゼットが挨拶を述べる前に、ゼフィールはそう言ってリゼットに着席を促した。

静かに目を伏せて、リゼットは言われた通りに動いた。噂に聞いていたように、ゼフィールは合理主義らしい。

「君は、レオンスの婚約者だな？」

「……はい」

問われた言葉に、静かに頷く。

まだ婚約は解消されていないので、そう答えるしかない。

「異母弟から聞いていた話とは、随分違うように見える」

ゼフィールは、レオンスがリゼットについてどう話していたのか口にしなかった。

だがそれが、リゼットを貶める言葉だったことは想像できる。

それくらいレオンスは、リゼットを嫌っている。

聞いたらリゼットが傷つくだろう言葉を、あえて聞かせないところに、異母弟との器の差を感じた。

やはり彼は、いずれ王となる人間なのだろう。

「まあ、いい。君とは初対面だ。異母弟の話よりも、自分の目で見たものを信じることにする。エクトルを助けてくれたようだな。今日はその礼を言いたいと思って、呼び出した」

「とんでもございません。意識のない方に、無断で触れてしまったのですから、咎められても仕方がないと思っております」

そう言うと、ゼフィールの雰囲気が和らいだ。

「悪意のない者を、咎めたりはしないさ」

優しくそう言われて、驚いて彼を見つめた。

ゼフィールはレオンスとは違うと感じていたが、ここまで違うとは思わなかった。

「異母弟の婚約者ならば、いずれ私の義妹だ。リゼットと呼んでもかまわないだろうか」

「は、はい。光栄です」

慌ててそう答えながらも、彼の義妹になる未来がリゼットにあるとは思えなかった。

だが、ゼフィールの考えは違うようだ。

たとえ身内の前で不満を口にしていたとしても、婚約者を大切にしなければならないことはわかっている。まさか異母弟が王命である婚約を解消したいと願っているなんて、考えもしないのだろう。

それだけではなく、異母兄を強く意識しているレオンスとは違って、彼の方はほとんど異母弟(おとうと)には興味がないように見える。

「エクトルはユーア帝国から静養のために、この国に滞在している」

そんなことを考えていたリゼットに、ゼフィールはエクトルの事情を語り始めた。

異母弟の婚約者ならば、少しばかり内情を話してもかまわないと思ったのかもしれない。

リゼットも、静養と聞いて納得した。

たしかに北に位置するユーア帝国よりも、この国は温暖で過ごしやすいだろう。

「学園に留学しているわけではないが、あの図書室が気に入って通っているようだ」

そう言ったゼフィールは、ユーア帝国からの客を気に掛けているというよりは、親しい友を案じているように見えた。

自分の護衛騎士に送迎させていることといい、相当親しい間柄なのだと察せられる。

「本来なら常に護衛騎士を傍に置きたいところだが、エクトルは人嫌いでね。護衛騎士が傍にいると、気が休まらないようで、今のところは送迎だけだ。だが最近はあまり体調が良くない様子で、少し困っている。リゼットは毎日のように、図書室に通っていると聞いたが」

そう問われて、戸惑いながらも即座に返答した。

「はい。放課後は、ほとんど図書室にいました」

図書室の隣には、本を読んだり研究をしたりする人たちが休憩できる部屋があった。

飲食も可能のようで、司書が毎日お湯を沸かして、お茶も淹れられるようにしてくれていた。図書室から直接行けるようになっていて、扉などで仕切られてはいないが、それなりに広くて快適な場所だ。

エクトルを助けたあの日から、リゼットが図書室に入っても、彼は以前のように険しい顔をすることはなくなっていた。

だから昼休みはそこで持参した昼食を食べ、残り時間も図書室で本を読んで過ごしていた。

休憩室も図書室と同じくほとんど人がいないので、ゆったりと過ごせる貴重な時間だった。

「最近は、昼休みもそこで過ごしています」

「そうか。ならばあの日のように、ときどきエクトルの様子を見てくれないだろうか？」

突然そう言われて驚いたが、リゼットはその驚きを表に出さないように、何とか抑え込んだ。

今、目の前にいるのは、王太子殿下だ。

その言葉を聞き返すなど、けっして許されない。そして、王太子からの依頼を断ることもできないだろう。

それにリゼットも、エクトルの様子は気になっていた。

ゼフィールから依頼されなくとも、今日の体調はどうだろうと、様子を伺っていたくらいだ。日射しの強い日などはカーテンを閉めたり、空気の入れ替えをしたり、あのとき、メイドたちが父のためにしていたことを思い出しながら、積極的に行っている。

エクトルもそれに気が付いていている様子だったが、何も言わなかった。

拒絶されていないのであれば、これからも続けようと思っていたのだ。

「承知いたしました」

だからリゼットは即答した。

王太子からの命があるのならば、むしろ堂々と彼を見守ることができる。

リゼットの返答にゼフィールは満足そうに頷くと、その背後に立っていた黒髪の騎士に命じる。

「話は以上だ。アーチボルド、リゼットを寮まで送り届けてくれ」

「畏(かしこ)まりました」

アーチボルドは主の命令を受け、リゼットを寮の入り口まで送り届けてくれた。

「急なことで驚かれたかと思います」

馬車を降りて、送り届けてくれた礼を告げたリゼットに、アーチボルドはそう言って気遣ってくれた。

「私も殿下の命で、学園の図書室にはよく足を運びます。何かございましたら、何でもお申し付けください」

「はい、ありがとうございました」

丁寧に接してくれる彼に、リゼットも礼を返した。

寮の部屋に戻った途端、緊張が解けて、リゼットはその場に座り込んだ。

「……はぁ」

こんなことになるなんて思わなかった。

(まさか王太子殿下と、お会いするなんて)

噂通り、とても厳しい方に思えた。

けれどエクトルのことを心配していて、心を許した相手には優しい人のようだ。

その期待に応えるためにも、自分にできることを精一杯やろうと思う。

(昼休みの時間の過ごし方だけは、変えなくてはならないわね)

一緒に休み時間を過ごす友人のいないリゼットは、せめて昼食に楽しみを見出そうと、町の知り合いから教わった料理や、本を見て作ってみた料理を持ってきて、ゆっくりと昼食を楽しんでいた。

けれどエクトルはいつも、昼食を食べていない。

彼の様子を見守るには、早々に昼食を終えて図書室に戻った方が良いだろう。

今までの楽しみは夕食に取っておくことにして、昼食には簡単に食べられるものを用意することにしよう。

夕食の用意をしながら、そう考える。

ゼフィールに命じられたこととはいえ、いつもと変わらない生活のはずだ。

けれど今まで人との関わりが皆無だったリゼットは、誰かの役に立てるということに、自分で思っていた以上に喜びを感じていたらしい。

いつも通りに。

そう思っているにも拘らず、遅くまで料理を続けていて、夜更かしをしてしまった。

そのせいで起きるのが少し遅くなってしまい、慌てて身支度を整えて学園に向かう。

学園は、寮のすぐ近くにある。

朝の門前は混み合っていて、王都内から通う生徒も多いため、たくさんの馬車も停まっている。

いつもはもう少し早く出るので、屋敷から通っている生徒たちと遭遇することはなかった。

でも今日は起きるのが遅くなってしまったこともあって、すでに多くの生徒たちが登校しているようだ。

その中でもひと際豪華な馬車が、他の馬車を押しのけるようにして前に進み、学園の入り口近くに停まる。

ちょうど学園に入ろうとしたリゼットの、すぐ隣だった。

何気なく視線を向けたリゼットは、それがオフレ公爵家のものだと気が付いて、慌てて視線を逸らした。

マリーゼに会いたくはなかった。

会えば、必ずリゼットに悪意を向けてくる。

関わらないのが一番だ。

けれどマリーゼは、わざとリゼットの傍に馬車を停車させたらしい。

従者の手を借りて馬車から降り、手が触れるほどの距離にリゼットがいることを確かめると、まるでリゼットに突き飛ばされたかのように、その場に転がった。

「きゃあっ」

「マリーゼお嬢様！」

高く上がる悲鳴に、驚いた様子で駆け付ける従者の声。この従者はマリーゼのお気に入りで、いつもリゼットに冷ややかな視線を向けていた。

きっとふたりは、予め打ち合わせていたのだろう。

周囲の視線も、当然こちらに集まる。

「え……」

突然のことに、リゼットは立ち尽くした。

きっと他の生徒からは馬車が死角になって、何が起こったのかわからなかったに違いない。

ただ、マリーゼが突き飛ばされたかのように転がって、その視線の先にリゼットがいただけである。

リゼットは疎んじられていて、マリーゼは愛されている。

それだけで、充分だった。

「……お姉様？」

弱々しく震える声は、いつもの演技だとわかっているリゼットにも、悲痛に満ちているように聞こえた。

「どうして？」

青い瞳に、涙が溜まっていく。

しかしこの哀れな様子も、白い頬を伝っていく涙も、すべて演技なのだ。

周囲から向けられる悪意の視線よりも、自分を貶めるためにここまでするマリーゼが恐ろしくて、リゼットは逃げることもできずに立ち尽くしていた。

「マリーゼ！」

凍り付いたような空間を破ったのは、地面に倒れたままのマリーゼに駆け寄るレオンスの声だった。

「大丈夫か？」

「レオンス様……」

マリーゼはレオンスの姿を見ると、助けを求めるように手を伸ばした。けれどリゼットの視線に怯えたように、すぐにその手を下ろしてしまう。

かまわずにマリーゼを抱き起こしたレオンスは、怒りに満ちた視線をリゼットに向ける。

「何のつもりだ？　異母妹を虐げるのが、そんなに楽しいのか？」

「……っ」

憎しみをはっきりとぶつけられて、リゼットは息を吞んだ。

今までのレオンスは、誰かを特別扱いすることはなかった。

婚約者のリゼットでさえ、押し付けられたものだと渋々受け入れていたのだろう。

けれど今は、マリーゼのために本気で怒っている。

リゼットから離れた一年ほどの間で、レオンスにとってマリーゼは、それほどまでに特別な存在になっていたのだ。

レオンスとマリーゼには、正妻の子ではないという共通点がある。

もちろんゼフィールは、異母弟を虐げるような人ではない。

けれど優秀な異母兄と比べられ続けたレオンスは、生まれにも少し負い目を持っていたのだろう。

それが、マリーゼへの同情に拍車をかけたのは間違いない。

「私では……」

自分は何もしていないと言おうとしたリゼットだったが、レオンスがそれを信じてくれないことは明白だ。彼は完全にマリーゼの演技に騙（だま）されている。

「私ではありません」

それでも否定しないのは、認めたようなものだ。否定はしておかなければと言ったが、それがさらにレオンスの怒りを煽ったようだ。

「謝罪もしないとは。自分で謝れないのなら……」

「きゃっ」

乱暴に突き飛ばされ、思わず悲鳴を上げる。

レオンスは、倒れた衝撃ですぐに立ち上がれずにいたリゼットの頭を、無理やり地面に押し付けた。

「マリーゼに謝罪しろ」

「……っ」

乾いた土がリゼットの頬を汚す。

摑まれた髪が痛かった。

まさかレオンスが、ここまでするとは思わなかった。

あまりにも乱暴な扱いに涙が滲む。

昔は少し我儘ではあったが、こんなに横暴な人ではなかったはずだ。

この状況を仕組んだマリーゼさえも、驚いて目を見開いたままだ。

興味本位で様子を伺っていた周囲の人たちも、レオンスの激しさに驚き、そっと視線を逸らす。

ここで下手に目立って、怒りが自分に向くかもしれないことを恐れているのだろう。

「学園内で暴力行為とは……」

張り詰めた空気の中。

呆れたような声がどこかから聞こえてきて、周囲の視線がそちらに集まる。

レオンスの手が緩んだので、リゼットも声の主を見上げた。

（あ……）

陽光に煌めく銀色の光が見えた。

ゆっくりと歩み寄ったエクトルは、マリーゼと、地面に転がるリゼットを順番に見た。

そして最後に、まだリゼットの頭を摑んだままのレオンスを見て、端正な顔立ちに嫌悪の色を滲ませた。

だがそんな表情でさえ、見惚れるほどだ。

いつも薄暗い図書室で見ても整っていた顔立ちは、明るい光の下で見ると、言葉を失うほどだった。

あのレオンスでさえ、彼の前では霞んでしまうだろう。

彼にもそれがわかったらしく、忌々しそうに、目の前まで歩いてきたエクトルを睨もうとした。

「この国での女性の扱いは、これが普通なのか？」

けれど、冷徹な声と視線に気圧されたかのように、後退した。それによってようやく解放されたリゼットは、痛む身体をゆっくりと起こした。

エクトルはレオンスのように、声を荒らげたわけではない。

それでも、彼の言葉から滲み出る静かな怒りに、レオンスは完全に呑まれている。

思えば第二王子であるレオンスに、これほどはっきりと敵意を示した者は今まで誰もいなかったのだろう。

国王陛下はレオンスに甘く、ゼフィールはそうするほどレオンスには関心がなさそうだ。

レオンスは今まで、自分に逆らえない者ばかりに囲まれてきたのかもしれない、とリゼットは考える。

そんなリゼットも、エクトルから目を離せずにいた。

いつも気怠そうな様子をしていたからわからなかったが、彼の雰囲気はこの国の王太子であるゼフィールと似ている。

存在するだけで周囲を威圧していた。

ひとつだけ違うとしたら、ゼフィールが動とするならば、エクトルは静の雰囲気を持っている。

普段が物静かな分、その怒りはゼフィールよりも恐ろしいかもしれない。

エクトルは思わず後退したレオンスを一瞥(いちべつ)すると、地面に倒れたままのリゼットに手を差し伸べた。

「立てるか？」

「……は、はい」

思わずその手を取ってしまったが、袖口から覗く手首は細く、やはり父を彷彿(ほうふつ)とさせる。リゼットは、なるべく彼に負担を掛けないように自力で立ち上がる。

そんなリゼットにエクトルは僅かに苦笑しながらも、その手を離さなかった。

「ありがとうございました。あの、どうしてこちらに？」

彼が図書室以外の場所にいることが珍しくて、リゼットは状況も忘れて思わずそう問いかける。

「資料室を探していた。もし知っていたら案内してくれないか？」

「はい、もちろんです」

ちらりとレオンスを見ると、彼はリゼットではなく、エクトルを見つめている。

マリーゼも同じだ。

邪魔をされたことに怒りを覚えているというよりも、この状況を理解できずに困惑しているように見える。

ならば、今のうちに立ち去った方が良いだろう。

それに、もうすぐ授業が始まってしまうが、髪も乱れているし制服も汚れてしまった。授業にこのまま参加するのは無理だろうと、リゼットは彼の申し出に頷いた。

「こちらです」

エクトルを案内するために、この場から立ち去る。

離れて様子を伺っていた周囲の人たちも、エクトルの容貌で、彼がユーア帝国の人間かもしれないと思ったのだろう。下手に関わったら危険だと思ったのか、レオンスの友人らも、マリーゼの友人たちも、誰も口を出そうとしなかった。

誰にも咎められないまま、学園の中に入る。

そのまま資料室に案内しようとしたリゼットだったが、エクトルが険しい顔をしていることが気になって、足を止める。

「あの……。少し休まれますか?」

そっと尋ねると、エクトルはしばらく沈黙した。

「……ああ」

どうするか迷っていた様子だったが、やがて静かに頷いた。

リゼットはエクトルを連れて、資料室ではなくいつもの図書室に向かった。そこから休憩室に移動する。ここならば、ゆっくりと休めるだろう。

いつもひとりで昼食を食べている場所だが、ソファは広くて柔らかく、カーテンもきっちり閉められるようになっているので、休むには良い場所だ。それなりに広いので、ゆっくりできるだろう。

けれどここを、他の生徒が使っているのを見たことはなかった。

この図書室は、教室からかなり離れている。ほとんどの生徒は、学年問わず交流できる談話室か、中庭を選ぶのだろう。

リゼットは先に休憩室に入り、カーテンをすべて閉める。

エクトルはそんなリゼットの行動に何か言いたそうだったが、何も言わずにソファに座った。すぐには倒れ込まなかったので、早めに休んでよかったのかもしれないと、ほっとする。

「先ほどは助けていただいて、ありがとうございました」

そんな彼に丁寧に頭を下げて、助けてもらったお礼を告げた。

彼が通りかかってくれなかったら、どうなっていたかわからない。

レオンスはたしかに我儘で少し横暴なところはあるが、あんなに乱暴な人だとは思わなかった。

地面に押し付けられ、髪を摑まれた恐怖を思い出して、組み合わせた両手が震えた。

「これで、先日の借りは返した」

そんなリゼットに、エクトルはぽつりとそう言う。

彼が倒れ、その介抱をしたときのことを言っているのだろう。

ただリゼットはその場に居合わせ、当たり前のことをしただけだ。目の前で具合の悪そうな人がいたら、放っておく人の方が少ないと思う。

けれどそれを彼が「貸し」だと思っているのなら、素直に頷いた方が良い。

「はい。本当にありがとうございました」

だから余計な言葉は口にせず、もう一度頭を下げた。

「……あれは誰だ？」

リゼットが素直にエクトルの言葉を受け入れたからか、彼はソファに寄りかかったまま、そう問いかける。

「私の、異母妹です」

ゼフィールと親しいのならば、当然レオンスのことは知っているだろう。

だからマリーゼのことだと悟り、リゼットはそう告げた。

「異母妹か。あれは、いつもあんなことを？」

それがどれを指す言葉なのかわからず、リゼットはしばらく沈黙した。

リゼットの婚約者であるレオンスに、庇われていることだろうか。

迷いに気付いたのか、エクトルはさらに言葉を重ねた。

「自分でわざと転んでおいて、泣き出したことだ。馬車に隠れて向こう側からは見えなかったようだが、こちら側から見れば、あれが自演だとすぐにわかった」

冤罪(えんざい)で責められているのがわかったから、エクトルは助けてくれたのだろう。

彼と言葉を交わしたのは、倒れたときに助けた以来だが、不正や冤罪を嫌う公正な人のようだ。

だから、自演でリゼットを陥れようとしたマリーゼを、不快に思っている様子だった。

「異母妹は私を嫌っているので、あんなことをしたのだと思います」

どこまで話したら良いのかわからず、ただマリーゼの行動の理由だけを告げた。

よく知らない他人の家庭の事情を語られても、困るだけだ。

「そうか。だがゼフィールの異母弟が、あれほど乱暴だとは思わなかった。さすがに見過ごせない。今日のことは、ゼフィールにも告げておく」

「……はい」

リゼットは静かに頷いた。

他の誰かに自分の境遇を知られてしまうのは恥ずかしいが、エクトルが言っていたように、マリーゼを守るためだったとしても、レオンスの行動は行き過ぎていた。

権力を持つ立場であるだけに、このままでは配下を虐げるような人間になる可能性がある。きっとゼフィールもそう考えるに違いない。

ただ今回の主犯とも言えるマリーゼに関しては、エクトルは介入するつもりはないようだ。

異母妹だと告げたので、家庭内で解決する問題だと思ったのだろう。

話はここで終わりのようで、エクトルは沈黙した。

「あの」

今しかないと、リゼットは思い切って自分からエクトルに声を掛けた。

王太子にエクトルを陰から見守ってほしいと言われてから、ずっと考えていたことがある。

いくら王太子からの命とはいえ、見ず知らずの者が自分の周辺をうろついていたら不快だろう。

こんな形になってしまったが、今日、彼と会うことができたらきちんと挨拶をしようと思っていたのだ。

「私はオフレ公爵家の長女、リゼットと申します」

きちんと名乗り、頭を下げる。

「今日は助けていただき、ありがとうございました。ゼフィール王太子殿下に申し付けられましたので、これからはときどきお傍に控えさせていただきます。私はお邪魔にならないように、離れたところにいますので……」

ゼフィールはエクトルのことを人嫌いだと言っていた。

拒絶されるかもしれないが、リゼットも王太子からの命令では引き下がれない。

エクトルは黙ってリゼットの言葉を聞いていたが、やがて諦めたように言った。

「……文句はゼフィールに言え、ということか」

「い、いえ。その……」

言葉には気を付けたつもりだが、要はそういうことになってしまう。

慌てるリゼットに、エクトルは少し表情を緩ませた。

「ゼフィールの依頼なら、仕方がないな。君もあんな場所に居合わせてしまっただけなのに、不運なことだ」

皮肉そうに言うが、その瞳はどこか悲しげだった。

自由にならない自分の身体に苛立つよりも、すべてを諦めているように見える。

「エクトルだ。ゼフィールの命令ならば、好きにすれば良い」

それだけ言うと、エクトルは疲れたように目を閉じてしまった。

父もよく、光が強すぎると頭痛がすると言っていた。朝の光は、エクトルにとって強すぎたようだ。

先にカーテンを閉めておいてよかったと、ほっとする。

「はい、エクトル様。よろしくお願いします」

拒まれなかったことにほっとしながらも、そう挨拶をする。

あとは、静かに休ませておいた方が良いだろう。

チャイムの音が鳴った。

どうやら授業が始まったようだ。

けれど、このままエクトルを置いて行くのは躊躇われる。

あまり調子は良くなさそうなので、誰かが来るまで傍にいた方が良い。それに、まだ資料室にも案内していない。

学園では先ほどのことも話題になっているだろう。

エクトルを理由にして逃げていることはわかっているが、できれば今日は、教室に行きたくなかった。

リゼットはエクトルを起こさないように気遣いながら、休憩室の一番端に移動した。

それから乱れてしまった髪を整え、制服の汚れを落とす。

地面が乾いていたので、それほど大事にはなっていなかったようだ。

それから荷物を確かめる。

今日は昼食にサンドイッチを作ってきたが、少し潰れてはいるものの、無事だった。

(貴重な食料が、無駄にならなくてよかった)

潰れていても食べられるが、さすがに土に汚れてしまったものは、衛生面からも食べない方が良いだろう。

もしそれで体調を崩しても、寝ていることしかできないのだから。

それから借りていたお菓子作りの本を取り出して、彼が目覚めるまでの間、読むことにする。初心者向けの本だが、色々なレシピが載っていて、見ているだけで楽しい。

作るのはなかなか難しそうだが、簡単なクッキーくらいなら作れないだろうか。

そんなことを考えていると、つい、時間を忘れて熱中していた。

「……菓子作りの本?」

「!」

驚いて顔を上げると、いつの間に起きたのか、エクトルがリゼットの読んでいた本を覗き込んでいた。

思っていたよりも長い間、本に熱中していたらしい。

美しい銀色の煌めきに、ほんの少しだけ視線を奪われる。

「あんなことがあった直後だというのに、落ち込んでもいないのか」

そう言われて、今朝のことを思い出した。

マリーゼに陥れられ、勘違いをした婚約者のレオンスに突き飛ばされてから、地面に押さえつけられた。

たしかにエクトルの言うように、普通の令嬢ならば、ショックを受けて屋敷にこもってしまっても仕方がないほどのできごとだった。

けれどリゼットは、マリーゼが自分を憎んでいることも、レオンスが心の底から自分を疎ましく思っていることも知っている。

レオンスに突き飛ばされたのだって、今朝で二回目だ。

だから、それほど衝撃的なことでもなかった。

「初めてでは、ありませんから」

思わずそう答えてしまい、エクトルの顔が険しくなったことに気が付いて、慌てて謝罪する。

「……申し訳ございません」

「なぜ、謝る？」

「私の発言が、良くなかったのかと」

「たしかに不快に思ったが、君に対してではない。被害を受けた側が謝る必要はない」

リゼットが被害者であり、レオンスとマリーゼが間違っている。

マリーゼの本性を知っているのはリゼットだけということもあり、そう言ってくれたのは、エクトルが初めてだった。

エクトルはリゼットのために、怒りを感じてくれたのだ。

リゼットはこのときに、王太子の命令だからではなく、自分の意志で、エクトルのためにできるだけのことはしようと決めた。

「それにしても、この間も今日も、俺の状態がわかっているかのような行動をした。その理由は？」

「……私の父は、六年前に亡くなっています」

懸命に言葉を選びながら、リゼットはエクトルに説明をした。

「父は、あまり身体が丈夫ではなかったのです。眩暈がすると言って、よく倒れていました。そのときのことを、どうしても思い出してしまって……」

余計なことは言わず、ただ聞かれたことの答えだけを口にする。

「ああ、そういうことか」

その説明に、エクトルは納得したように頷いた。

「こちらの事情を知っていたのではなく、ただ親切にしてくれただけだったのか。たしかに君の視線は同情ではなく、気遣いや労り（いたわ）だった」

自分で勝手にしていたことだ。

それを、気遣いや労りと言ってくれた。

「父が亡くなったとき、私はまだ幼く、今ならばもっと父のために色々できたのではないかと、考えてしまって」

「そうだったのか。それなのに君の忠告を無視して、あんなことになってしまった。本当に怪我はなかったか?」

「はい。大丈夫でした」

そう答えると、エクトルは安堵したようだ。

彼を庇おうとしてリゼットが下敷きになってしまったことを、ずっと気にしていてくれたのかもしれない。

「この図書室にも、俺がいたせいで中に入れなかったのだろう? ここは学生のための場所だというのに、すまなかった」

「い、いえ。何日も通ってしまっていたので、怪しかったことは自分でもわかっております」

たしかに、険しい顔で見られたときは怖いと思った。

でもレオンスとマリーゼの行為に憤ってくれたり、こうして謝罪をしてくれたりするのだから、エクトルは人が嫌いなだけで、リゼットを嫌っていたわけではなさそうだ。

すまなかったと言われ、リゼットは慌てて立ち上がり、むしろ失礼だったかもしれないと、急いで座り直す。

そんなリゼットを見て、エクトルは笑った。

笑う彼の姿を見て、リゼットは胸が切なく痛むのを感じた。

父にも、こんなふうに笑ってほしかった。

苦痛に顔を顰めていた父の顔をまた思い出してしまい、泣きたくなる。

「君のような人ならば、俺も口うるさい護衛騎士よりも気が楽だ。時間が空いたときでかまわないから、傍にいてほしい」

そう言ってもらえて、思い出した父の姿に胸を痛めていたリゼットも、真摯に頷いた。

「はい。なるべくお役に立てるように頑張ります」

もし拒絶されても、王太子の命を果たすためにはエクトルの傍にいなければならなかった。それを本人に了承してもらえたのが嬉しい。

マリーゼに陥れられ、レオンスに突き飛ばされて、最悪の日になるはずだった。

それなのにエクトルに救われ、しかも傍にいることを許してもらえたのだ。

父が亡くなってからずっと、リゼットの身には悪いことしか起こらなかった。

けれど今、少しだけ明るい未来が見えたような気がする。

リゼットはカーテンの隙間から入り込む光に、目を細めた。

今日から何かが変わるかもしれない。

# 第三章

それからリゼットは、エクトルを彼が探していた資料室に案内した。

学園の地図を何度も見ていたので場所は覚えていたが、ここに来るのは初めてだ。

図書室とは違い、学園長の許可がないと入室できないらしいが、エクトルはゼフィールを通して許可をもらい、事前に部屋の鍵も入手していたようだ。

エクトルが中に入り、本を探している間、リゼットは資料室の前で待っていた。借りる本は決まっていたらしく、すぐに戻ってきた彼と一緒に、また図書室に戻る。

さっそく持ってきた本を開いているエクトルの傍で、リゼットは、これからどうしたら良いか迷っていた。

傍にいても良いと言ってくれたが、どの程度の距離でいれば良いかわからない。

今まで通り離れた場所にいるべきなのか、それとも視界に入る程度でもかまわないのか。

戸惑っているリゼットに気が付いたのか、エクトルが顔を上げた。

「どうした?」

不思議そうに問いかけられて、正直に告げる。

「あの、私はどこに……」

距離感に悩んでいるのだと、エクトルはすぐに気が付いてくれた。

「ああ、ここでかまわない」

視線で示されたのは、隣の席だった。

広い机とはいえ、すぐ隣にいることを許してもらえるとは思わなかった。

「はい」

だがここなら、エクトルの体調が悪くなってもすぐにわかるだろう。リゼットは隣の席に座り、自分も本を広げた。

ページを捲(めく)る音だけが響く静かな空間は、とても心地よい。

いつしか時間も忘れて、リゼットは本に読み耽っていた。

ふと気が付けばもう昼休みの時間で、リゼットはエクトルに断りを入れて休憩室に移動した。彼は昼食を食べないのか気になったが、そこまで踏み込むことを、エクトルは望まないだろう。

少し形の歪んだサンドイッチに、今朝のことを思い出す。

リゼットがエクトルと立ち去ったあと、ふたりはどうしていたのだろう。

きっとレオンスはリゼットを罵り、マリーゼはそれを、表向きは悲しそうに、申し訳なさそうに聞くに違いない。

その様子を想像してみても、もう胸は痛まなかった。

それは、ゼフィールとエクトルのお陰だろう。

自分を嫌う人たちに時間を使って心を消費するよりも、ゼフィールやエクトルのような、必要としてくれる人たちのためになることがしたい。

リゼットはそう思っている。

早々に食事を終え、図書室に戻ると、エクトルは先ほどと同じ場所で本を読んでいた。リゼットが戻ってきた気配に顔を上げたが、少し疲れたように見えて、思わず声を掛けた。

「あの。少し、休まれた方がよろしいのでは……」

声に出してしまってから、差し出がましい言葉だったかもしれないと後悔した。

ゼフィールがリゼットに望んだのは、傍にいることだけだ。

でもエクトルがリゼットの言動を不快に思えば、それも難しくなってしまう。

考え込むリゼットを見て、エクトルが苦笑する。

「俺は、そんなに気難しいように見えるのか」

「い、いえ。その……」

「いや、初めて会ったときのことを考えれば、仕方のないことだ。だが、気遣ってくれた言葉を不快に思うほど、愚かではない。……いや、あれでは信じられないのも無理はないか」

初めてリゼットと言葉を交わしたときのことを思い出したのか、複雑そうな顔をするエクトルに、リゼットは思わず表情を緩ませた。

体調が悪く、意識がなくなっただけでも動揺するだろうに、見知らぬ人間に抱えられていたら、驚くのも無理はない。

しかもゼフィールがわざわざ、エクトルは人嫌いだと告げたくらいだ。よほど信用した人間でなければ、傍に置かない人なのだろう。

「では、少し休んでくださいますか？」

そんなエクトルが、リゼットには傍にいても良いと言ってくれたのだ。

体調に関することなら、忠告してもかまわないのではないか。そう思ったリゼットは、さっそくそう言ってみた。

「ああ、そうだな。ここは休んだ方がよさそうだ」

予想通り、エクトルは承知してくれた。

休憩室に向かう彼を見送り、リゼットは教科書を取り出す。授業を受けなかった分、ここでしっかり勉強しておかなくてはならない。

勉強に集中していると、エクトルが戻ってくるよりも先に、護衛騎士が来たようだ。

いつの間にか、放課後になっていたらしい。

今日はアーチボルドが迎えに来たようで、彼はリゼットを見ると表情を和らげる。

リゼットが離れた場所ではなく、エクトルがいつも座っている定位置の近くにいたので、上手くやっているとわかったのだろう。

「エクトル様は……」

「少しお疲れのご様子でしたので、休憩室で休んでいただきました」

そう告げると、アーチボルドは驚いたようにリゼットを見つめた。

「私たちが何を言っても、聞き入れてくださらなかったのです。ですが、あなたの助言は聞き入れてくださるようですね。しかし無理はなさらないでください。学生なのですから、学業優先でよろしいのですよ」

どうやらエクトルの傍にいるために授業に参加せず、ここで勉強をしていると思われたらしい。

リゼットは慌てて否定した。

「いえ、今日は少し私の事情があって、授業に参加しなかっただけです。明日からはきちんと参加します」

「そうですか」

その答えに、彼は安堵したように表情を緩ませた。

「アーチボルド、来ていたのか」

ふと奥から声が聞こえてきた。

振り返ると、ちょうど休憩室から戻ったらしいエクトルが、ふたりを見つめていた。

リゼットはすぐに彼の顔色を見て、先ほどよりもよくなっていることを確認して、ほっとする。

そんなリゼットに、エクトルは苦笑しながらも、アーチボルドに声を掛ける。

「ゼフィールに話がある。会えるか?」

「はい。この時間なら、執務室にいるかと思われます」

「では、すぐに行こう」

そう言ったエクトルは、リゼットを見た。

「彼女も連れて行く」

「リゼット様も？」

「そうだ。彼女自身にも関わることだ」

「承知しました」

アーチボルドは多くを尋ねず、エクトルの言葉を受け入れた。

彼は、王太子であるゼフィールの護衛であり、近衛騎士でもある。

そんな彼を従わせるエクトルは、いったい何者なのか。

少しだけ考えたけれど、彼自身が話さない以上、知ることはないだろう。

それよりも、彼の話がリゼットに関わることだという方が重要だ。

おそらくエクトルは、今朝のことをゼフィールに話すつもりかもしれない。当事者である自分も同行する必要があるようだ。

エクトルが借りた本を資料室に返し、そのままエクトルとアーチボルドとともに王城に向かうことになった。

ちょうど授業が終わったらしく、教室から生徒が次々と出てきた。

彼女たちは皆、アーチボルドの存在に驚き、その背後にいるエクトルを見て頰を染め、そして最後にリゼットを見て顔を顰める。

どうしてあんな子が、という声が聞こえてきて、リゼットは俯いた。

「今朝も思ったが」

エクトルにも、その声が聞こえていたのだろう。

歩きながら、不機嫌そうに言う。

「キニーダ王国の貴族は、これが普通なのか？」

この国を批判するような言葉にどきりとしたが、アーチボルドは同意するように頷いている。

「レオンス様が在籍していらっしゃるので、他の生徒たちはどうしても、レオンス様の意向に従ってしまうのでしょう。もちろんゼフィール様が在学していた頃は、このようなことは皆無でした」

「まぁ、ゼフィールならそうだろうな」

あっさりと王太子の名を口にするエクトルに、ただうっとりと眺めていた周囲の人たちの視線が、困惑したものとなる。

それを一切顧みることなく進んでいたが、学園の入り口に立っている人影を見て、エクトルは足を止めた。

ふたりの背後から同じ方向を見つめたリゼットは、そこに婚約者と異母妹の姿を見つけて息を呑む。

教室にいなかったので、わざわざここでリゼットを待ち構えていたのだろう。

また何かされるかもしれないと、さすがに怖くなった。

「アーチボルド」

「承知しております」

エクトルは、そんなリゼットをレオンスの視線から庇うように前に立つと、小声でアーチボルドの名を呼んだ。

彼の方は心得たように返事をすると、ふたりのもとに歩み寄る。

「心配はいらない」

アーチボルドの後ろ姿を見つめながら、エクトルはそう呟いた。

その言葉通り、レオンスはアーチボルドと少し言葉を交わしただけで、何か言いたげなマリーゼを連れて、そのまま立ち去った。

この学園では絶対の支配者であるレオンスも、異母兄のゼフィールには敵わない。

不安そうな様子でレオンスにしがみついていたマリーゼだったが、立ち去る寸前、リゼットを憎しみのこもった瞳で睨み据えた。

もしエクトルと一緒に行動していなかったら、待ち構えていたふたりに捕まっていたことだろう。

きっとまたレオンスに怒鳴られ、マリーゼはそんなレオンスに隠れて、今のように憎しみのこもった瞳で睨んでいたに違いない。

今朝といい、エクトルを助けるつもりが、かえってリゼットの方が救われている。

「ああ、あれが本性か。なかなか狡猾な性格のようだな」

そんなマリーゼの表情を、エクトルは見ていたらしい。

皮肉そうに言うと、リゼットを見つめた。

「レオンスはあの本性を知っているのか？」

「……いえ。異母妹は、レオンス様の前では、おとなしく従順でした」

そう答えると、エクトルは呆れたようだ。

「まだ知っていた方がよかったな」

第二王子という立場を考えてみると、エクトルの言う通りだ。

王族は、簡単に誰かに操られてはならない。

それなのにマリーゼの言うことをすべて信じ、義母によって引き合わせられたとも知らずに寵愛している。いくらレオンスが臣下になるとはいえ、王族としてふさわしい行動ではないのだろう。

「まとめてゼフィールに報告するか」

そう言ったエクトルと戻ってきたアーチボルドに連れられて、リゼットは昨日と同じように、王城に行くことになった。

前回と違うのは、王城の客間ではなく、ゼフィールの執務室にそのまま案内されてしまったことだ。王太子の執務室には何人かの配下が出入りしていて、とても忙しそうだ。

こんなところに自分がいても良いのかと不安になる。

だがゼフィールは、アーチボルドが伴ってきたふたりを見て少し驚いたような顔をしたものの、すぐに別室に案内してくれた。

「何か問題でも発生したのか？」

会議室のような場所に案内され、座った途端にそう問われる。

性格もあるのだろうが、それ以前にゼフィールはとても忙しいのだろう。人の出入りがとても激しかった執務室を見て、リゼットは悟った。

「問題を起こしたのは、そちらの異母弟の方だ」

エクトルがそう言うと、ゼフィールの顔色が変わる。

「……レオンスか。何をした？」

「きっかけは、レオンスではない。だが、その後の対応が最悪だった」

そう言って、エクトルは朝のことから話し始めた。

話を聞くにつれ、ゼフィールの表情は険しいものになっていく。

「それだけではない。彼はあの学園の雰囲気を、かなり悪いものに変えているようだ。くだらない中傷を呟く者が、一定数いる」

最後のエクトルの言葉にゼフィールは視線をアーチボルドに移し、彼が頷くのを見て、深い溜息をついた。

「リゼット。レオンスがすまないことした」

王太子からの謝罪に、リゼットは慌てる。

「いえ、きっかけは異母妹のマリーゼですから」

ゼフィールは謝罪してくれたが、もともとは異母妹のマリーゼのせいだと、リゼットも彼に謝罪する。

「まったく、異母兄弟とは厄介なものだ」

謝罪し合ったあと、ゼフィールはそう呟く。

それは威風堂々とした王太子のものとは思えないほど疲れた声で、彼もまた異母兄弟のことで苦労をしてきたのかもしれないと、リゼットはひそかに思う。

「あれに問題があることくらいわかっているだろうに、父は愛する女性の息子だというだけで、切り捨てることができない。しかし女性に暴力をふるうなど許されないことだ。レオンスには、私から言っておく」

レオンスには、可愛がられている国王からの注意よりも、劣等感を抱いているゼフィールに言われた方が堪えるだろう。

それでも、彼が反省するとは思えない。

むしろリゼットのせいだと、逆恨みされるのではないだろうか。

「だが、これで婚約解消とはならないだろう。父は、レオンスの将来を心配している。多くの貴族の中から選び抜いたのが、オフレ公爵家だった」

「解消は、できないのでしょうか……」

レオンスとの婚約を大切に思っていたのは、マリーゼが入学するまでのことだ。

さすがにあれほどの仕打ちを受けてまで、彼と婚約していたいとは思わない。

きっと結婚してもマリーゼを愛し、叔父や屋敷の使用人たちのようにリゼットを冷遇するだろう。

レオンスと結婚さえすれば、公爵家を取り戻せる。そんなふうに思っていた自分は、世間知らずで愚かな子どものままだった。

「何とかならないのか?」

「父が庇いきれないほどの失態がなければ、今はどうにもならないな」

エクトルの言葉に、ゼフィールはそう答えると深い溜息をついた。

「だが、さすがに暴力行為は見逃せない。レオンスを謹慎させれば、学園内の雰囲気も少しは変わるだろう。そのためにも、診断書を作っておこう。ついでにエクトルも連れて行ってくれ。定期診断から、何度も逃げているそうだから」

ただ突き飛ばされ、押さえつけられただけだ。

目立つ怪我もしていないし、診察など必要ない。

そう思ったリゼットだったが、エクトルを連れて行くという使命を与えられたのであれば、話は別である。

アーチボルドに案内され、積極的に医務室へ向かうリゼットに、エクトルも素直に付いてきた。

王城には、複数の医師がいた。

個室を持っているのが、それぞれの王族の主治医であり、大部屋にいるのが、この王城で働く者や騎士たちのための医師なのだろう。

アーチボルドが連れてきてくれた部屋の主が女性医師だったので、リゼットは驚いた。

この国では女性が医師になることは認められていない。

(この方は、ユーア帝国の女性医師なのかしら)

ゼフィールがエクトルの定期診断のことを口にしていたので、彼女はユーア帝国から来た、彼の主治医なのかもしれない。

医師は三十代半ばほどの、凜々(りり)しい女性だった。

アーチボルドが事情を説明してくれたので、彼女はまずリゼットの診断をした。

「自分の婚約者にそんな扱いをするなんて」

そう言って、レオンスに対する怒りを隠そうともせず、時間をかけて丁寧に診てくれた。小さな痣も見逃さず、次々に診断書に書き加えていく。

右足の軽い捻挫と肩の打撲。

そして手足に痣がいくつか。

そう書き終えた診断書に署名をすると、それをアーチボルドに手渡している。

少し大袈裟だったような気がしたが、ゼフィールはこの診断書を使って、レオンスを謹慎させるつもりなのだろう。

「次はエクトル様ですね。定期健診だというのに、まったく来てくださらなかったので、さすがに少し困っておりました」

女性医師はそう言ったが、エクトルがその言葉に反応することもなく、リゼットと一緒でなければ、今回も来るつもりがなかったことは明確だった。

彼女は何か言いたげな顔をしていたが、結局何も言わずに言葉を続けた。

「体調は如何でしょうか？」

女性医師は静かな声でそう尋ねた。

「変わりない。いつもと同じだ」

答えるエクトルの声は、かなり素っ気ない。

食事はきちんとしているのか。薬はきちんと飲んでいるのか。

女性医師はそう尋ねたが、エクトルは言葉を濁すだけだ。

その様子が亡くなる前の父とあまりにも似ていて、切なくなる。父は病と戦うことを諦め、苦痛から逃れることばかり考えていた。

彼もまた、父と同じようになってしまうのか。

リゼットはいつの間にか、両手をきつく握りしめていた。

(そんなのは駄目。きっと、何かできるはず)

それに、リゼットにとってエクトルは、父を思い出させるだけではない。

レオンスから救い、リゼットは被害者だと言ってくれた人だ。

彼のために何かしたいと、強くそう思う。

「リゼット」

そんなときにふいに声を掛けられて、顔を上げる。

「どうした？　また父親のことを思い出したのか？」

診察が終わったエクトルが、思い詰めたような顔をしていたリゼットを見て、そう言った。

「はい」

どう答えるべきか迷ったが、伝えたいことがあったので、正直に頷いた。

「食事は、きちんとしてください。そうしないと、薬も効きません。……私の父が、そうでしたから」

父とエクトルの病気が同じものとは限らないが、あまりにも症状がよく似ていて、言わずにいられなかった。

リゼットの言葉にエクトルは気まずそうに視線を逸らした。

見守っている方も、諦めないことが肝心なのだろう。それにエクトルが本当にリゼットを邪魔に思うなら、ゼフィールを通して遠ざけるはずだ。

傍にいられるうちは、エクトルの回復を諦めずに彼のために尽くそうと思う。

診断書をもらってゼフィールの元に戻り、アーチボルドが彼に渡した。ゼフィールはそれを確認すると、頷いた。

「リゼット、あらためて異母弟の暴挙を謝罪する。父がどう判断するかわからないが、謹慎くらいには持ち込むつもりだ。また何かあったら、必ず私に伝えてほしい」

「はい。色々とありがとうございました」

そこでエクトルとは別れ、アーチボルドに学園寮まで送ってもらう。

自分の部屋まで辿り着くと、急に力が抜けた。

(今日はとても長い一日だった……)

制服を着替えると、急に疲れを感じてしまい、そのままベッドに横たわる。

昨日からたくさんのことがあって、さすがに限界だった。

そのまま眠りに落ちてしまい、目が覚めたときにはもう真夜中になっていた。

帰ってすぐに寝てしまったから、お腹(なか)が空(す)いている。でも、さすがにこんな時間に食事をするわけにはいかない。

（そうだ。簡単なお菓子でも作ってみようかな？）

借りたままだった本を広げて、レシピを確認する。

クッキーなら、ここにある材料で作れそうだ。夜中にこっそりとクッキーを作る貴族令嬢など、リゼットだけだろう。そう思うと、くすりと笑ってしまう。

好きなことを、自由にすることができる。

これだけは、他の貴族令嬢たちにはない、リゼットだけの特権だ。

最初は不安だった料理も、今ではすっかり趣味となってしまった。

「ええと、クッキーくらいなら、ここにある小さなオーブンでも焼けそうね」

さすがに真夜中に共同キッチンを使うことはできない。

それに初めて作るお菓子で、しかもこんな時間に急に思い立って作るものだから、成功するとは限らない。

こうして無心に料理を作る時間が、とても好きだった。

「うん、何とかなりそう」

クッキーが焼き上がる頃にはすっかり朝になっていた。

初心者なのだから素直に丸い形で作ればよかったのに、本に書かれていた動物の形や花の形が可愛くて、それを作りたくて頑張ってしまった。

でも焼き上がったのは、変な形に歪んだクッキー。

作ったリゼット本人でも、何の形なのかわからないくらいだ。

（これは、たしかうさぎ。これは……花、だったかしら）

それでも食べるのは自分だから、これでいい。

もう朝になってしまったので、朝食には昨日のパンとスープを食べて、学園に行かなくてはならない。

時間が遅くなってしまえば、またマリーゼと遭遇してしまう可能性もある。

リゼットは身支度を整え、徹夜で作ったクッキーは昼食の楽しみにしようと、急いで学園に向かうことにした。

いつもよりも早めに出てきたので、まだ馬車は一台も来ていなかった。今のうちに学園に入り、授業が始まるまで図書室にいることにする。

最近は、私物も休憩室に置いている。

教室に置くと、いつの間にかなくなっていることが多いからだ。

探して見つかれば良いが、なくなったままだとまた買わなくてはならず、食費を削ることになってしまう。

（お金は貴重だからね）

去年は夏休みと冬休みに、町の知り合いに頼んで働かせてもらった。

かなり節約してきたのでまだお金の心配はいらなかったが、今さら屋敷に帰る気にもなれず、どうせなら有意義に過ごそうと思ったのだ。

皿洗いや調理補助などの裏方の仕事だったが、今年もまた働かせてもらえるだろうか。

そんなことを考えながら、時間まで本を読んでいようと、休憩室から図書室に戻ったリゼットは、しばらく本に没頭していた。

「えっ？　もうこんな時間！」

そろそろ授業が始まる時間になってしまい、授業に使う道具だけを持って、慌てて図書室を出る。

図書室は学園の一番奥にあり、教室に行くには中庭を通らなくてはならない。

中庭に入ろうとしたリゼットは、そこに思ってもみなかった姿を見つけて、足を止めた。

（マリーゼ？）

異母妹が、こんなところで何をしているのか。

咄嗟に隠れてその視線を辿ったリゼットは、アーチボルドではない別の護衛騎士に付き添われて歩くエクトルを見つけた。

マリーゼの視線はエクトルに向けられていて、彼女が何をしようとしているのか、リゼットは考えを巡らせる。

（もしかして……）

マリーゼの狙いは、彼なのだろうか。

昨日、エクトルはマリーゼとレオンスから、リゼットを庇ってくれた。

以前も、リゼットを庇ってくれたメイドがいなくなってしまったことを思い出す。

マリーゼは部屋やドレス、装飾品だけではなく、リゼットの味方になってくれた人でさえ、奪いたいと思うほど、リゼットを憎んでいる。

だからレオンスのように、今度はエクトルを奪ってやろうと思っているのかもしれない。

マリーゼはこちらを見て、笑った。

ここにリゼットが隠れているとわかっているのだろう。

周囲の人たちも、足を止めて興味深そうにマリーゼを見つめている。

リゼットがレオンスに派手に振られたときは、彼女たちは嬉しそうに、興奮した様子でその顚末(てんまつ)をいつまでも語っていた。

また今日も、同じような見世物が見られると期待しているのだろうか。

けれど、エクトルはレオンスとは違う。

しかも、少し離れているのでひとりでいるように見えるが、その後ろには護衛騎士がいる。

何度か見たことのある顔で、エクトルに付き添う護衛騎士の中では、一番真面目な人だ。彼がいるのなら、マリーゼはエクトルに近寄ることもできないに違いない。

そう思っていても、やはり心配で、リゼットはその場から立ち去ることができずにいた。

「あ、あの……」

そんなリゼットの目の前で、マリーゼはエクトルに声を掛ける。

だがエクトルは立ち止まることもなく、そのまま通り過ぎていく。

「え?」

まさか、一瞥もされないとは思わなかったのだろう。

マリーゼは呆然とした様子で立ち尽くし、しばらくして我に返ったように、必死にその後ろ姿を追った。

「待ってください！」

マリーゼは手を伸ばしたが、その手がエクトルに触れることはなかった。

彼の護衛騎士が素早く間に入り、エクトルを庇ったのだ。

マリーゼには一切触れず、ただその行動だけを阻止した動きは、さすがに王太子の護衛騎士だけあって、見事なものだった。

マリーゼは驚いたように目を見開き、怯えたように身を震わせる。

咄嗟にあれだけの演技ができるのだから、マリーゼもなかなか見事なものだ。

エクトルは振り向くことさえせず、護衛騎士もマリーゼに対してひとことも言わずに、そのまま立ち去ろうとする。

「マリーゼ？」

そんなとき、立ち尽くすマリーゼに駆け寄ったのは、レオンスだった。

異母妹と申し合わせていたのか、それとも本当に偶然だったのかわからない。

「どうした？　何があった？」

「私……。怖くて」

マリーゼは怯えた顔のまま、レオンスに控えめに寄り添った。

「おい、待て。マリーゼに何をした」

レオンスが怒鳴ると、ようやくエクトルが足を止めた。振り返り、レオンスとマリーゼを見ると、不快そうに顔を背ける。

「対応は任せる」

「承知しました」

エクトルは護衛騎士にそう命じると、そのまま立ち去ってしまった。

まったく相手にされていない様子に、高揚して見守っていた人たちも動揺していた。

対応を命じられた護衛騎士は、レオンスに向き直った。

「マリーゼとは、そちらのご令嬢でしょうか」

「……その通りだ。オフレ公爵令嬢だぞ。それが、こんなに怯えている。何をした？」

「殿下。私はただ、自分の仕事をしただけです」

淡々と言葉を述べる護衛騎士に、レオンスは苛立ちを募らせている。

「仕事だと？」

「はい。ゼフィール王太子殿下のご命令ですので」

「……あいつは何者だ」

ゼフィールの名前を聞いた途端、少しだけ怯んだが、これ以上マリーゼの前で臆したところを見せたくなかったのだろう。

忌々しそうに言ったレオンスに、護衛騎士はあくまで淡々と答える。

「ゼフィール王太子殿下のご友人です」

「友人だと？」

ただの友人を、王太子の護衛騎士で守らせるはずがない。

けれどレオンスにはそれがわからなかったようで、嘲笑うような顔をした。

「兄上も酔狂だな。マリーゼ、あんな奴らに関わることはない。君は優しいから、何か忠告しようとしたのだろう？」

「……は、はい。お異母姉様に騙されているのかもしれないと思って」

エクトルもリゼットから奪う予定だったなど、レオンスに言えるはずもない。

マリーゼは少し視線を彷徨わせていたが、レオンスの言葉に同意して頷いた。

「だが、あのような輩に関わる必要はない。はぐれ者同士で、せいぜい仲良くすれば良いのだ」

レオンスはエクトルを下に見ることで、相手にされなかったことを帳消しにしたようだ。

「……そう、ですね」

だがマリーゼはややぼんやりとした様子で、まだエクトルが去った方向を見つめている。自分が相手にされなかったことが、信じられないのだろう。

いつまでもエクトルが去った方向を見つめるマリーゼの手を、レオンスは自分の方に引き寄せた。

「行くぞ」

「は、はい」

マリーゼは我に返った様子で、レオンスに付き従い、この場を立ち去って行った。

ふたりが立ち去ったあと、それを見守っていた人たちも、物足りないような顔をしながらも、それぞれの教室に向かう。

リゼットも教室に行くつもりだったが、さすがにこのあとは行きにくい。どうするかしばらく迷ったが、図書室に戻ることにした。

すると、ちょうどエクトルを送り届けた先ほどの護衛騎士が、図書室から出るところだった。彼はリゼットを見ると、表情を緩ませる。

「エクトル様をよろしくお願いします」

「は、はい」

そう言われて慌てて頷くと、彼は会釈をして立ち去る。

思わず図書室に来てしまったが、ここで過ごすか、それとも教室に戻るかまだ迷っていた。

けれど今の会話は中にも聞こえただろうし、このまま立ち去るのも不自然だと、リゼットは図書室に入る。

エクトルは本棚を見つめ、本を選んでいる様子だった。気配を感じたのか振り返り、少し心配そうな顔をする。

「今日は早いな。また何かあったのか？」

そう声を掛けられて、リゼットは彼と出会った当初の頃を思い出した。

最初の頃は図書室に入ろうとしただけで、エクトルは不機嫌そうな顔をしていた。

人と関わることが嫌いな彼にとって、何度も図書室の様子を伺うリゼットの存在は、さぞ煩わしいものだったに違いない。

けれど倒れた彼を助けてから、少しずつその関係性が変わってきた。

リゼットがゼフィールの命令で動いていることもあるだろうが、傍にいることを許してくれる。

それどころか、今では逆にこうして心配してくれるようになった。

何だか嬉しくて、思わず表情を緩ませた。

「いえ、私は大丈夫です。あの、先ほどはマリーゼがご迷惑をお掛けして、申し訳ございませんでした」

謝罪すると、エクトルは思い出したのか、中庭のある方向を振り返る。

「かまわない。何が目的だったのかわからないが、碌なことは考えてなさそうだ」

「私の味方を奪いたいのだと思います。そう言われたことがありましたから」

「……なるほど。そういう意図か」

エクトルは、不快そうに目を細める。

「あの自作自演を目撃しているのに、どうして俺が自分の味方になると思ったのか、理解に苦しむな」

「……本当に、申し訳ございません。私もそれを見ていたので、教室に行きにくくて、図書室に来てしまいました」

「君に怒っているわけではない。もし授業を受けたくないのなら、ここで勉強をすれば良い。試験さえ合格すれば、出席率など関係がなかったはずだ」

「授業に参加しなくても良いのですか？」

「ああ、ゼフィールもほとんど授業には出ていなかったらしい」

おそらく彼の場合は、忙しくて出席する暇もなかったのだろう。王太子は数年前から、国王の補佐として政務に携わっていると聞いている。

さすがにリゼットに、ゼフィールと同じことはできないだろう。

それでも一年間の授業でわかったことは、ほとんどの生徒たちは必要なことはもう家庭教師から学び終えていて、ここでは人脈作りなどの社交に力を入れている者が多いことだ。

基礎的なことは一年生の授業で学び終えてしまい、二年生となると、自習でも何とかなりそうな感じではある。

「そうですね。ひとりで勉強するのは少し大変かもしれませんが、ここの方が、静かに勉強ができそうです」

「わからないことがあれば、何でも聞くといい」

エクトルもそう言ってくれたので、リゼットはこれからも、ここで勉強すると決めた。

教室で悪意に晒（さら）されるくらいなら、ひとりで勉強をした方が良い。

さっそく本を読むエクトルの隣で、リゼットは教科書を広げた。

（ええと……。ここはまだ勉強したことのない箇所ね）

教科書を何度も読み、わからないことはあとで調べるために、メモをしておく。

それに気付いたエクトルが、リゼットのメモを手に取った。

「ここがわからないのか？」

「……いえ、あの」

学園に来るまでほとんど勉強できなかったのだから、自分に知識が足りないのはわかっている。でも知られてしまうのが恥ずかしくて、素直にそうだと言えなかった。

「この場合は……」

エクトルは、リゼットにわかりやすいように、丁寧に説明してくれた。

彼の説明は、不特定多数に向けて授業をする教師よりも、ずっとわかりやすい。

「ありがとうございます」

問題が解けたことが嬉しくて思わずそう言うと、エクトルはふと表情を和らげた。

「これくらいなら、いつでも」

そう言ってくれたお陰で、わからないことは素直に聞くことができるようになっていった。

夢中になって勉強をしていると、いつの間にか昼休みになっていたようだ。たまに本を借りに来る生徒もいる。リゼットは一旦教科書を片付けた。

頭を使ったせいか、お腹も空いていた。

徹夜で作ったクッキーのことを思い出す。

「私は休憩室に行きますが、エクトル様はどうなさいますか？」

「……そうだな。俺も、少し休むことにする」

何度か提案しているうちに、昼食こそ食べないものの、こうして一緒に休憩してくれるようになった。

今日もそう答えたエクトルとふたりで、休憩室に移動する。

エクトルは、そのままソファに寄りかかって目を閉じた。

リゼットは荷物の中から手作りのクッキーを取り出して、そっと広げてみる。

（こうして見ると、少し焦げているかも。でも、良い匂い）

歪んだ形のクッキーをひとつ手に取り、口に入れる。

思っていたよりも硬い。焼き過ぎたのかもしれない。

それでも初めて作ったクッキーは、形こそ歪(いびつ)だが、甘くておいしい。

夢中になって食べていると、ふと気配を感じて顔を上げた。

いつの間にか傍にはエクトルがいて、リゼットの手元を覗き込んでいる。

「これは何だ？」

「……ええと」

自分で作ったものだからクッキーだと理解して食べているが、何も知らないエクトルから見れば、何だかわからないのも無理はない。まさか彼が興味を持つとは思わなかったので堂々と広げていたが、急に恥ずかしくなる。

「失敗してしまったクッキー、です。勿体(もったい)ないので食べていました」

「……クッキー。リゼットが作ったのか？」

「はい」

そう答えると、以前、お菓子作りの本を借りていたことを思い出したのか、エクトルは納得したように頷いた。

「甘い匂いがする」

「はい、お菓子ですから。でも、本当はもっと綺麗で可愛らしい形なんです。これも、実はうさぎの形で」

「……うさぎ？」

不思議そうにクッキーを眺めていたエクトルだったが、やがて満足したようで、クッキーから目を離した。

「貴族の令嬢が、料理に興味を持つなんて珍しいな」

「そうですね。やってみると、案外楽しくて」

本当は、メイドがひとりもいないので自分でやるしかなかっただけだ。でもそれをエクトルに話したくなくて、リゼットは趣味だと明るく告げる。

「これは失敗してしまいましたが、今度こそ上手く焼けるように頑張ります」

「そうか」

エクトルは頷くと、もう一度リゼットの作ったクッキーを見た。

「次は、うさぎだとわかると良いな」

「……うぅ」

そう言われてしまい、彼は少し意地悪なのかもしれないと思う。

でも、すべてを諦めてしまったような顔をしているよりは、今のエクトルの方がずっと良い。

「今度は頑張りますから！」

宣言して、リゼットは残りのクッキーを残さず食べた。


それからも、三日に一度はクッキーを作ってみたが、なかなか上手くできない。

何度も作ったので、焼き加減と味は完璧だ。

でも見た目が壊滅的で、今日もリゼットが休憩時間に食べていたクッキーを見て、エクトルが呆れていたくらいだ。

「まだ最初の方がましだった気がする」

「……はい。実は私もそう思っていました」

最初はまだ、歪だったが何とかうさぎの形をしていた。

それなのに今は、耳のある動物としか認識できなくなっている。

「耳が、短すぎるのではないか。うさぎの耳はもっと長い。それに、あまりリアルに作っても成功しないぞ」

エクトルは落ち込むリゼットに、そうアドバイスまでしてくれた。

さすがにクッキーにも飽きてきたが、リゼットも意地になってしまっていて、ここで諦めたくなかった。

「ちゃんとうさぎだとわかるようになったら、エクトル様も食べてくださいますか？」

そう懇願したのは、図書室でエクトルと会うようになってからしばらく経つが、彼は一度も昼食を食べている様子がなかったからだ。

クッキーでは栄養にもならないが、何も食べないよりはましだろう。

「……」

リゼットの提案を受けたエクトルは、黙り込んでいた。

その表情は険しく、最初に出会った頃を彷彿とさせる。

理由はわからないが、エクトルが葛藤している様子が伝わってきて、リゼットは発言を取り消す。

「すみません。少し調子に乗ってしまいました。忘れてください」

彼を心配しているだけで、苦しめたいわけではない。

「いや。さすがにこれほど頻繁に見せられて、気になっていたのは事実だ」

エクトルはそう言って、うさぎが完成したら食べてくれると約束してくれた。

「はい。ありがとうございます」

あんなに躊躇っていたのに承諾してくれたのが嬉しくて、リゼットも笑顔になる。

明日からはもっと、クッキーの練習をしなくてはならない。


「うさぎ、というよりも猫だな」

翌日、さっそくクッキーを焼いて持ってきたリゼットに、エクトルは容赦なくそう告げる。

「猫、ですか」

「うさぎはもっと耳が細長い。それに、クッキーで全身を表現するのは、難易度が高すぎる。ここは顔だけにしておいた方が良い」

でもアドバイスもしてくれて、ふたりで図書室の中からうさぎの本を探し出して、どんな形が良いのか話し合った。

それからも、耳を細くしすぎて割れてしまったり、せっかく上手く作れたのに、つい焼き過ぎて真っ黒になってしまったりした。

それでも、何度も挑戦し続けていると、ついにうさぎとわかるくらい、綺麗な形で焼くことができた。

「これはどうですか？　エクトル様」

ここまでの道のりを考えれば、とても頑張ったと思う。

護衛騎士は、ふたりがうさぎについて熱弁している様を見て不思議そうだったが、エクトルとも、クッキーを通してかなり打ち解けてきた。

差し出したクッキーを見て、エクトルも満足そうに頷く。

「ああ、たしかにこれは、うさぎだな」

エクトルはそう言うと、そっとうさぎの形をしたクッキーを手にした。

「苦労したのを知っているだけに、何だか食べてしまうのが惜しい気がするな」

「ありがとうございます。でも、食べ物ですから」

そう言って促すと、エクトルは慎重に口に運んだ。

何度もクッキーばかり作っていたので味は問題ないと思うが、それでも自分の作ったものを食べてもらうのは初めてで、緊張してしまう。

エクトルも緊張した様子だったが、ふと表情を綻ばせた。

「……甘いな」

「はい。甘いものは疲労回復に良いそうですよ」

何でも良いから口にするようになれば、食事もできるだろう。

食事をするようになれば、きっと体力も戻る。

そうすれば、薬もちゃんと効いてくるはずだ。


それからも、度々クッキーを作っては、エクトルにも差し出してみる。

毎回食べてくれるわけではなかったが、それでも気が向いたときは食べてくれるようになった。

あれ以来、リゼットは教室で授業を受けていない。

エクトルがゼフィールに、授業を受けなくても良いように話をしてくれたらしく、試験さえきちんと受けて合格すれば問題ないと、教師から試験の日程を詳しく伝えられた。

リゼットだけが特別というわけでもなく、両親が早く亡くなってしまい、爵位を継いだ者や、事情があって通えない者は、試験を受けるときだけ学園に来ているようだ。

さらに教師は、学園を卒業しなければ、貴族社会では成人として認められないこと、わからないことがあったらいつでも聞きに来ても良いことを伝えてくれた。

これほど親切にしてもらえるのは、ゼフィールが学園側に何か言ってくれたからかもしれない。

（今度は、これを作ってみようかな？）

寮の自分の部屋に戻り、お菓子作りの本を読んでいたリゼットは、クッキー以外のものも作ってみようと思い立つ。

でもクッキーのように型がなくても焼けるものではなかったので、次の休みの日に町まで行って、色々と道具を探してみることにした。

誰もリゼットには興味はないかもしれないが、長い髪を三つ編みにして、印象を変えてみる。

（屋敷にいる人たちだって、メイドとして働いている私に気付かないから、きっと大丈夫ね）

問題ないだろうと、気軽に町に出た。

最初は買い物に行くのも怖かったのに、長期休暇の間に働いてからは、すっかり馴染みの町となった。

「あら、いらっしゃい」

いつも行く店に顔を出すと、店番をしていた女性がにこやかに迎えてくれた。

食料品から日用品まで、何でも売っている店である。商品は寮で売っているものと比べると少し質が落ちるが、それでも安くて新鮮だった。

リゼットの母くらいの年齢だからか、料理を教えてくれたり、痩せ細っていたリゼットを心配して色々と食べ物を分けたりしてくれた優しい人だ。

今日もちょうど焼き上がったからと、パンを分けてくれた。

「それで、今日は何が欲しいの？」

「ええと、小麦粉と……。あと、お菓子の焼き型があれば欲しいんですが」

欲しいものを告げる。

「焼き型なら、色々あるよ」

彼女が指し示してくれた場所を見ると、うさぎの形をした焼き型を見つけた。リゼットはすぐにそれを手に取る。

「うん、これなら食べてくれるかも」

嬉しそうに手に取ったリゼットを見て、店番の女性は優しく微笑(ほほえ)む。

「誰かにあげるのかい？」

「はい。お世話になった方に」

「そう。気に入ってもらえると良いね」

そう言って袋に入れた食材を渡してくれた店番の女性は、急に険しい顔をしてリゼットを見た。どうしたのかと不思議に思うと、彼女の視線はリゼットの腕にあった。

「それ、どうしたの？」

汚れないように捲っていた袖口からリゼットの肌が見えていて、そこにはレオンスから突き飛ばされたときにぶつけたらしく、くっきりと痣があった。

すぐに消えるかと思っていたのに、まだ残っていたようだ。

「あ……」

慌てて隠そうとするが、それよりも先に手を掴まれてしまった。

「もしかして、あなたの主が？」

「いえ、違います！」

主などいない。

リゼットは慌てて否定した。

「他の貴族の方に絡まれてしまって。でも、すぐに助けてもらったので大丈夫ですから」

心配してくれる彼女につい、他家の貴族に絡まれたこと、でも、助けてくれた人がいたから大丈夫だと話してしまう。

「その人に何かお礼がしたくて、新しいお菓子に挑戦するつもりなんです」

そう言うと、簡単なレシピや焼き方のコツなどを、彼女は親切に教えてくれた。

何度もお礼を言ってから、急いで学園寮に戻った。

焼きたてのパンをもらったので、手早くスープを作り、今日買ってきたフルーツを切って、夕食にした。

いつかこんな食事もエクトルに食べてほしいと思うが、まだそこまで望んではいけないだろう。

（それに、せっかく試験だけ受ければ良いようにしてくださったのだから、勉強もきちんと頑張らないと）

夕食の片付けをしたあとは、教科書を開き、眠くなるまで勉強を続けた。

翌朝、さっそく購入したうさぎの焼き型を使ってお菓子を作ってみることにした。作るのは、町で教えてもらった簡単な焼き菓子だ。

朝食として、焼き上がったばかりのそれをひとつ食べてみる。

見た目よりも重量感があって、紅茶と合いそうだ。休憩室には茶器セットもあるので、茶葉も持ち込むことにした。

心配なのは、リゼットが好んでいる紅茶は町で購入していることもあり、あまり高級なものではないことだ。それをエクトルに出しても大丈夫だろうか。

少し迷った挙句、リゼットは制服に着替える前に寮の中にある店まで行き、そこで一番少ない紅茶を買った。いつもと比べるとかなり高かったが、これなら大丈夫だろう。

それから急いで身支度を整えて、学園に向かう。

図書室に来てみたが、エクトルはまだ来ていない様子だ。落ち着かない様子で教科書を開いていると、やがてアーチボルドに付き添われたエクトルが現れた。

あまり体調が良くなさそうだと、一目でわかった。

思わず立ち上がって手を伸ばして、彼の身体を支える。

少し体温が低いようだ。

父も体調が悪い日は、こんな様子だったと思い出してしまい、思わず温めるようにエクトルの手を両手で包み込む。

アーチボルドは、エクトルに気遣わしげに声を掛けている。

「王城に戻られなくてもよろしいですか？」

「ああ。ここの方が静かで良い」

「承知しました。また後ほど伺います。リゼット様。もし何かございましたら、図書室の司書を通じて王城にご連絡ください」

司書は奥の部屋で静かにしていることが多いが、声を掛ければすぐに答えてくれるだろう。

「はい、わかりました」

リゼットが頷くと、アーチボルドは少し安心した様子で、図書室を出ていく。

彼を見送ったあと、リゼットはエクトルの手を握ったまま、その奥にある休憩室に連れて行った。

ソファに座らせてから、休憩室のカーテンをきっちりと閉める。

それからエクトルの隣に座って、そっと様子を伺った。

たしかに体調はあまり良くなさそうだが、以前のように険しい顔をしていない。

あれこれ世話を焼くよりも、今は静かにしていた方が良いだろうと、リゼットはただ隣に座っていた。

カーテンの隙間から、帯状の光が射し込む。

床に写り込んだそれがきらきらと光っているのを、何となく眺めていると、エクトルが声を掛けてきた。

「リゼットの父は、病気だったのか？」

「いえ」

突然の話題にも驚くことなく、静かに首を振る。

「病気というわけではありませんでした。私も幼かったので詳しい話を聞くことはできませんでしたが、ある日突然倒れてしまい、それから身体が弱ってしまって……。お医者様は、過労ではないかと」

「突然か。どんな症状だったのか、聞いてもかまわないだろうか」

「はい、もちろんです。父の様子は……」

エクトルの意図もわからないまま、リゼットは思い出せる限りのことを話した。

父はある日突然、外出先で倒れて、数日間、屋敷に戻ってこられなかった。

意識がなく、下手に動かすこともできなかったと聞いている。

しばらくしてようやく屋敷に戻ってきて、話を聞いてからずっと待機していた医師が、父を診察してくれた。

医師によると、明確に悪い箇所はなかったが、身体がとても弱っていたらしい。

実際にそれから父は、体調を崩しがちになってしまった。

頻繁に眩暈がして、意識を失って倒れることもあった。

眩しい光の中にいると頭痛がして、たまに目が見えにくくなると言っていた。

体調の悪い日は顔色が青白く、体温が低くなる。

そして食事ができなくなり、薬も効かなくなって、父はどんどん弱っていった。

(そして、最後は……)

さすがに苦しみぬいた父の最期は話せずに、リゼットは口を噤んだ。

こうしてあらためて話してみると、エクトルの症状は父とまったく同じだ。

彼もまた、このままでは父と同じようになってしまうのではないか。そう思うと、怖くて仕方がなかった。

「それで、亡くなったあとの君の後見人は？」

「叔父、です。異母妹の後見人でもあります」

叔父や異母妹の話はあまりしたくなかったが、答えないわけにはいかない。

「……そうか」

リゼットの話を聞いたエクトルは、そう呟いたきり、黙り込んでしまう。

何かを深く考え込んでいるようで、リゼットは声を掛けることもできず、ただ隣に座っていた。

けれど、さすがにそれが長く続くと心配になる。

「あの、エクトル様。少し休まれた方が」

思い切って声を掛けると、エクトルは素直に頷いた。

「ああ、そうするよ」

ソファに寄りかかり、目を閉じたエクトルを、リゼットは守るようにずっと付き添っていた。

静かな時間が過ぎていく。

本を読もうかと思って開いてみたけれど、エクトルの様子が気になって、なかなか内容が頭に入らない。

エクトルは表情も穏やかで、心配なさそうだ。

本を閉じて、リゼットはそのまま彼の様子を見守っていた。

そうしているうちに昼も過ぎ、少し休憩することにする。

喉が渇いたこともあり、リゼットは紅茶を淹れようと、静かに立ち上がった。

休憩室にある茶器を使い、紅茶を淹れていく。

ほとんど人がいない図書室なのに、備品がきちんと管理されているのは、エクトルがよく滞在しているからだろう。

いつもの紅茶とは違う、良い香りが部屋の中を漂う。

すっかり慣れた手つきで紅茶を淹れたリゼットは、エクトルが目を覚ましていることに気が付いた。まだ少しぼんやりとした様子の彼に、リゼットは淹れたばかりの紅茶を差し出した。

「よろしかったら、どうぞ」

「……ああ、ありがとう」

少し休んだからか、顔色も良くなっている。

リゼットの淹れた紅茶も受け入れてくれた。奮発して良い茶葉を買ってよかったと、ひそかに思う。

「これも、よろしかったらどうぞ。今朝、私が焼いたものです」

うさぎの形をした焼き菓子を見て、エクトルが笑った。

「これもうさぎか」

「はい。クッキーではありませんが、同じような焼き菓子です」

そう言って、リゼットもひとつ取り、口に運ぶ。焼きたてよりも少し硬くなったけれど、その分すね」

「いえ、そんなことはないです。でも、たくさんある焼き型の中から、うさぎを選んだのは事実で

無理に勧めてはいけないと思っていたが、確認するようにそう言われて、思わず笑ってしまう。

「うさぎの形にすれば、食べると思っているわけではないだろうな？」

エクトルを見ると、彼は少し複雑そうな顔をしていた。

風味が増して、なかなかおいしい。

正直に答えると、エクトルは苦笑しながらも、焼き菓子を食べてくれた。

しばらくはふたりで和やかな時間を過ごし、それからリゼットは教科書を取り出して勉強を始める。

休息をとって少し食べたからか、エクトルの調子もよさそうだ。

エクトルは次の本を選びかねているのか、珍しく図書室の中を歩き回っている。その姿をつい、目で追ってしまう。

ずっとひとりで生きてきて、それが当たり前になっていた。

それなのに、誰かとこうして穏やかな時間を過ごすことができるなんて思わなかった。

しかも相手はユーア帝国から来た、ゼフィール王太子殿下の客人である。

（レオンス様に嫌われて、どこにも居場所がなくて。もう、誰かとこんなふうに関わることなんてないと思っていたのに……）

許されるのならば、もう少しだけエクトルの傍にいたい。

父の身代わりではない。彼自身のためにお菓子だけではなく、もっとたくさんの料理を作ってみたい。

そう願っていることに気が付いて、リゼットは呆然とした。

（私は、エクトル様のことを……）

レオンスとマリーゼから庇ってくれた。

リゼットは被害者だと言ってくれた。

レオンスに突き飛ばされたときや、教室に行きにくいと思っていると伝えたときは、すぐに解決方法を示してくれた。

そんなエクトルのことを、いつの間にか慕っていたようだ。

まだ自分の中に、こんな感情が残っていたなんて思わなかった。

胸に抱いた想い（おも）いを確かめるように、そっと手を置く。

でもこの想いは、隠さなくてはならない。

彼はおそらく身分の高い人で、リゼットはまだレオンスの婚約者だ。

（でも……）

リゼットはエクトルの後ろ姿を見つめながら、静かに思う。

叔父が企（たくら）んでいるように、レオンスが異母妹のマリーゼと婚約すれば、リゼットはレオンスから解放される。

「どうした？」

いつの間にかエクトルが側にいて、リゼットを覗き込んでいた。

不意打ちで、見事に整った美しい顔を目の前で見てしまったリゼットは、声を上げそうになるのを必死で堪えた。

「いえ。少し考えごとを。どうにかして穏便に、レオンス様との婚約を解消できたら良いのに、と思ってしまって」

動揺を隠すように、ついそう言ってしまう。

「この間の学園での暴力事件のことで、ゼフィールが動いている。診断書を作っておいてよかったな。レオンスは数日間の謹慎になるかもしれないが、それだけでは婚約解消には結びつかないだろうな」

むしろ評判が悪くなるほど、国王は可愛がっているレオンスの将来を心配して、オフレ公爵家に婿入りさせたいと強く思うかもしれない。

「君はオフレ公爵家の正当な血筋だ。婚約を解消してしまえば、困るのはレオンスの方だろう。それなのに、どうして君に対してあんな態度をすることができたのか、理解に苦しむ」

「レオンス様は、マリーゼがお気に入りのようですから。マリーゼも父の娘です」

マリーゼの母は貴族ではないが、マリーゼ自身は、間違いなくオフレ公爵家の血を引いていると叔父は語っていた。

たしかに、マリーゼは祖父や叔父によく似ている。

「私を追い出してマリーゼと婚約し直せば問題ないと思われているのかもしれません」

叔父のことだから、レオンスにそんな約束さえしているのかもしれない。

素行が悪いとか、体調が悪いとか、リゼットを追い出す理由など何でも良い。

結局、レオンスが公爵家に婿入りすることには変わらないのだから、国王も何も言わないのではないかと思う。

そう伝えると、エクトルも頷いた。

「たしかにレオンスと彼の母である側妃に頼まれたら、あの国王ならば承知してしまいそうだ。早くゼフィールが即位した方が、この国のためかもしれない」

だがゼフィールの母の正妃は病で亡くなっていて、彼自身も国王に代わって政務を執り行っているので忙しく、まだ婚約者が決まっていないと、エクトルは語る。

「側妃は王城にこそ住んでいないが、国王の寵愛によって、正妃と同じくらいの権力を持っている。ゼフィールの婚約者が決まっていないのも、裏で手を回している可能性もあるな。側妃に負けないくらいの身分で、ゼフィールを補佐できるほどの女性がいれば良いが」

少し語りすぎたと思ったのか、エクトルは視線を逸らして窓の外を見つめた。

ゼフィールもエクトルの体調などを気にして色々と気遣っていたが、エクトルの方も、ゼフィールのことを心配しているようだ。

「一番良いのは、ゼフィールが即位して側妃やレオンスなどを排除し、君とレオンスとの婚約も解消して、もっとふさわしい相手をオフレ公爵家に婿として迎え入れることか」

「……そうですね」

エクトルの言葉に頷いたが、あの叔父とマリーゼ母娘（おやこ）から、オフレ公爵家を取り戻すのは容易ではないと思われる。

しかも叔父は、リゼットの後見人だ。

今までは、レオンスと結婚することさえできれば、叔父やマリーゼたちから公爵家を取り戻すことができると考えていた。

だから、彼との婚約を大切にしていたのだ。

でも今となっては、そんなことはあり得ないとわかっている。

このままリゼットと結婚したとしても、レオンスは叔父やマリーゼたちを優先して、リゼットを冷遇するだろう。

彼の態度が以前よりも冷たくなっていることを考えると、むしろ今の状況よりも悪化する可能性もある。

父と過ごしたしあわせな時間もたしかにあったはずなのに、オフレ公爵家の屋敷を見て思い出すのは、虐げられていた記憶だけだ。

公爵家から離れ、優しくしてくれる町の人たちや、エクトルと過ごす穏やかな時間を知ってしまったリゼットは、もうあの屋敷には戻りたくなかった。

（何か方法があれば……）

そんなことを考えていると、昼休みになった。

リゼットはエクトルに声を掛けて、一緒に休憩室に移動する。

彼が昼食を食べないのはいつものことだが、最近は紅茶を淹れて、休憩してもらうようにしていた。

ふたり分の紅茶を淹れて、自分の昼食を取り出す。

今日は、残ったパンに野菜を挟んだ、簡単なサンドイッチだ。

「昼食も自分で作っているのか？」

そう尋ねられて、リゼットは焦りながら曖昧に頷いた。

「はい。すっかり料理が好きになってしまって」

「……そうか」

エクトルの視線は、リゼットの手に向けられているようだ。

少し荒れた手が恥ずかしくて、昼食に集中する。

「今度、お菓子以外のものも作りますね。パンをうさぎの形にすることもできるそうですよ」

「いや、そこは普通のパンで良い」

苦笑したエクトルに、リゼットは今度、普通のサンドイッチを作ることを約束した。

昼食後は勉強に集中した。

そろそろ時間かと思って顔を上げると、エクトルの迎えのためにアーチボルドが来たようだ。彼はエクトルの顔色が良いことに気が付いて、ほっとした様子だった。

「エクトル様」

アーチボルドが来たことにも気が付かない様子で考え込んでいるエクトルに、リゼットは声を掛けた。彼ははっとした様子で顔を上げ、アーチボルドを見る。

「時間か」

「はい。お迎えに上がりました」

「わかった。リゼット、また明日会おう」

そう言ったエクトルに、リゼットは頷いて立ち上がる。

エクトルはふと何かを思いついたように立ち止まり、振り返ってリゼットを見た。

「サンドイッチ、楽しみにしている」

「はい。うさぎではなくともかまいませんか？」

思わずくすりと笑ってしまうと、エクトルも釣られたように笑った。

彼のこんな笑顔を見るのは、初めてかもしれない。

「ああ、もちろんだ」

傍にいたアーチボルドは、そのやりとりを信じられないというような顔で見ていた。

驚く彼を置き去りにして、エクトルが図書室を出ていく。アーチボルドは慌てた様子でリゼットに頭を下げて、そのあとを追って行った。

（サンドイッチ、気合を入れて作らないと）

エクトルに、楽しみにしていると言ってもらえたのだ。絶対においしいものを作らなくてはならない。

そうして、それから数日後。

王太子であるゼフィールの婚約が発表された。
相手は皇族の血を引く、ユーア帝国の公爵令嬢だった。

# 第四章

学園の図書室でエクトルと過ごしていたリゼットは、護衛騎士にゼフィールが呼んでいると伝えられ、エクトルとともに王城を訪れていた。

対面し、挨拶をしたあとに、リゼットはお祝いの言葉を伝える。

「ゼフィール王太子殿下。ご婚約おめでとうございます」

「ああ、ありがとう」

彼はどこか肩の荷が下りたような顔をして、頷いた。

この国の王太子妃になることが決まったのは、ユーア帝国の皇太子の従妹(いとこ)で、年齢はレオンスの一歳下だというから、リゼットと同じ年だろう。

帝国から贈られてきた肖像画が、この部屋に飾られていた。

エクトルのような銀色の髪をした、とても美しい女性だった。

ユーア帝国とこのキニーダ王国は同盟関係にあるが、国力はユーア帝国の方が遥かに上である。

長年の友好関係によって結ばれた条約は、このキニーダ王国の命綱とも言える。

ユーア帝国との同盟がなくなってしまえば、キニーダ王国は好戦的な他大陸からの侵略者に蹂躙(じゅうりん)

されてしまうだろう。

その帝国の皇帝の身内が、この国の王太子妃となるのだ。

ますます同盟は強化され、キニーダ王国は安泰だろう。

しかもこの婚約は、どうやらユーア帝国側からの申し出らしい。

さすがに側妃もこの婚約に異議を唱えるようなことはなく、すんなりと婚約が決まったようだ。

（ユーア帝国の方から、婚約を申し入れてきたなんて……）

リゼットは何となく、この婚約にはエクトルが関わっているような気がした。

この国の状況を帝国側に伝えて、ゼフィールのために動いてくれたのではないのだろうか。

そんなふうに思う。

ゼフィールはリゼットに座るように促すと、さっそく呼び出した理由を語ってくれた。

「数日前に、王城で少し騒動があってね。エクトルにも詳細は伝えなかったが、ようやく状況が摑めてきたので、リゼットからも話を聞きたい」

「はい」

リゼットは姿勢を正して、ゼフィールの言葉を待った。

「実は、文官から重要書類が紛失したらしいという報告があった。それがどうやら、レオンスとリゼットの婚約のために交わした契約書らしい」

「えっ……」

それは、王太子の前だというのに思わず声を上げてしまうほど、衝撃的なことだった。

この国を含めた周辺の国々では、婚約するときに契約書を交わすことになっていた。

契約書には結婚の条件や、どちらかの有責で婚約解消になった場合の慰謝料についてなどが、事細かに記されている。

婚約や結婚に関する条件は契約書を交わす前に徹底的に話し合われ、もしそれを破った場合には、慰謝料の支払いなどの罰則が生じる。

あまりにも悪質であったり、慰謝料を払うことができない場合は、投獄されてしまうこともある。過去には契約書をまったく無視して、横暴なことばかりをした王族が罪に問われ、王家から追放されたこともあった。

それくらい、契約書は大切なものだ。

そしてリゼットとレオンスとの婚約は、亡き父と国王の間で交わされたものである。

婚約のときに交わした契約書は、結婚するときに提出をしなければならない。もし契約書が紛失してしまえば、婚約も無効になってしまうほどのことだ。

王族の契約書ということで、王城で厳重に保管されていたはずのそれが、紛失してしまったなど、前代未聞の醜聞だ。

「それは、いつだ？」

エクトルも険しい顔をして、そう尋ねる。

「私の婚約が決まってすぐのことだ。帝国の皇族との婚約で、王城も人の出入りが激しく、騒がしかった。その隙を狙われたようだ」

「契約書の紛失は、レオンスによるものか？」

エクトルの問いに、ゼフィールは深刻そうな顔をして、首を振る。

「いや、そうではなかった。むしろレオンスならよかったのだが」

苦々しい顔をしてそう言うと、ゼフィールはリゼットに視線を移した。

何となく嫌な予感がして、リゼットは両手をきつく握りしめる。

「王城から契約書を盗み出したのは、どうやらオフレ公爵代理……。君の後見人らしい」

あまりのできごとに、リゼットは息を呑む。

ゼフィールの表情から、良い話ではないかもしれないとは思っていたが、あまりにも予想外のことだった。

「そんな……。叔父様が、どうしてそんなことを……」

叔父だって、そんなことをしたら大事になってしまうことくらい、わかっていたはずだ。

マリーゼに泣きつかれたのだろうか。

それとも、レオンスに命令されたのだろうか。

ゼフィールの話によると、レオンスはリゼットを突き飛ばして怪我をさせたことで、国王陛下から珍しく叱られたようだ。

謹慎を申し付けられ、それに反発したレオンスは、リゼットが自分の異母妹を虐げるような女だったことや、そんな女との婚約は破棄して、あらたにリゼットの異母妹と婚約したいことを国王陛下に訴えたらしい。

だが国王は、それを却下した。

さらに、オフレ公爵家の正当な血筋はリゼットの方であり、マリーゼと結婚したいのであれば、母方の伯爵家所縁の爵位を継ぐようにとレオンスに告げた。

国王のその発言は、レオンスだけではなく、ゼフィールにとっても意外だったようだ。

「まさかあの父が、レオンスにそこまで言うとは思わなかった。父なりに、亡きオフレ公爵には恩義を感じていたのかもしれない」

父が生きていた頃は、よく国王の相談相手になっていたそうだ。

(そういえば私とレオンス様の婚約も、国王陛下から懇願されたからだって、お父様が言っていたわ……)

国王は、今でも父に恩義を感じてくれているのだろうか。

だから、レオンスの申し出を却下してくれたのかもしれない。

リゼットとの婚約を解消することができないと悟ったレオンスが、リゼットの叔父に契約書の破棄を命じたのかもしれないと、ゼフィールは語った。

どちらにしろ、王城から契約書を持ち出すなど、許されることではない。

おそらく叔父は、厳しく罰せられるだろう。

それどころか、叔父だけでは終わらないかもしれない。

「オフレ公爵家やリゼットにまで咎が及ぶ可能性は?」

エクトルもそう思ったのだろう。

厳しい表情のまま、ゼフィールに問いかける。

リゼットも、彼を見つめた。

「オフレ公爵代理は王城で事情を聞いているが、何も答えようとせず、沈黙したままだ。だが、関係者として事情を聞かれたマリーゼが、君の名前を出している」

「マリーゼが、私の？」

自分の名前を出した意図がわからずに、リゼットは困惑する。

「どうしてそんなことを……」

「調査のためにオフレ公爵家を訪れた騎士に、マリーゼは、叔父は異母姉に頼まれて契約書を持ち出したのではないかと告げたようだ」

その騎士の前で、マリーゼは儚げで健気な令嬢を演じた。

父である前公爵に見捨てられ、叔父によって救出されたあとも、異母姉のリゼットに虐められていると訴えたようだ。

その騎士もレオンスのようにすっかり騙されてしまい、マリーゼに同情してしまった。

「マリーゼが言うには、異母姉には恋人がいるらしく、その人と一緒になりたくて、叔父に契約書を破棄してほしいと頼んだのではないかと、騎士に告げたらしい」

すっかり信じ込んだ騎士は、ひそかにリゼットの調査をして、それが事実であると結論を出した。

そして、リゼットを真犯人として捕縛するべきだと報告した。

「そんな……」

リゼットは知らない間に、罪人に仕立て上げられていた。

レオンスの方がリゼットを嫌い、婚約解消を願っていたことも、叔父が、リゼットの願いを叶えるはずがないということも、調べれば簡単にわかったはずだ。

けれど、騎士はマリーゼの言葉だけを信じて、リゼットを罪人だと決めつけた。

「でも、私に恋人なんて」

「……俺か」

男性の知り合いなど、ひとりもいない。もしかして町に行ったときのことだろうか。そんなふうに考えていたリゼットだったが、エクトルが苦々しい顔をしてそう言ったのを聞いて、はっとした。

「あ……」

たしかにリゼットは毎日、図書室に向かっていた。

でも、勉学のためだ。

それに、最初にエクトルを助けてからは、図書室でも司書か護衛騎士が傍にいて、ふたりきりになることはなかった。

「調査をした騎士は、そう思ったのだろう」

ゼフィールも同意すると、深く溜息をついた。

「だがリゼットは、図書室で勉強をしているだけだ。エクトルの傍で様子を見守っていてほしいと頼んだのも私だ。その騎士の訴えは、調査不足だとして却下。さらに、エクトルは私の友人で、リゼットに世話を頼んだことも話してある」

ゼフィールは、きちんとリゼットの容疑を晴らしてくれた。

それを聞いて、少しだけ安心する。

「私は面識がないが、エクトルが君の異母妹と会ったことがあると言っていた。その様子を聞く限り、彼女が冷遇されていたなんてあり得ないと思ったよ」

ゼフィールはさらにそう言うと、呆れたような顔をした。

「簡単に騙されるような騎士は、事情聴取には向かないな。リゼット。すまないが、いくつか質問をしても良いだろうか。今後のためにも聞いておきたい」

「はい。もちろんです」

ゼフィールの言葉に、リゼットはすぐに頷いた。

「両親を亡くしたリゼットの後見役は、叔父だ。それは間違いないな？」

「はい。そうです」

「君の異母妹と義母は、いつあの屋敷に？」

「おじい様の葬儀の翌日でした。叔父はマリーゼの手を握り、義母を連れて帰ってきました。父の愛人と、その娘だと。ですが私は、父に愛人がいたなんて知りませんでした」

父は母が亡くなったあとも、何度も思い出を語り、今でも愛していた様子だったので、当時は本当に驚いた。

「それから、ふたりも一緒に屋敷で住み始めました。父はまったくふたりに援助していなかったそうで、とても苦労して育ったそうです。だからマリーゼには優しくしてあげなさい、欲しがったら譲りなさいと教わりました」

「オフレ公爵は愛妻家で知られていた。愛人がいるなど、聞いたこともないが」

リゼットの話を聞いたゼフィールは、そう言って考え込む。

「はい。私も、父はずっと母を愛していたと思っていたので、ショックでした。でも母は、私が幼い頃に亡くなってしまったので……」

「それならなおさら、愛人ではなく正式に妻として迎え入れることができたはずだ。オフレ公爵の人柄を考えると、娘がいることを知って放置していたとは考えにくい」

そう言ってくれるゼフィールの言葉が嬉しい。

リゼットは同意するように深く頷いた。

「はい。私も、父はそんな人ではないと信じています」

「それに、オフレ公爵の死後に引き取られたのであれば、認知されていないのではないか？　母親は貴族なのか？」

エクトルの言葉に、ゼフィールははっとしたようにリゼットを見た。

「いえ……。叔父は町で苦労して育ったと言っておりましたから」

だが、マリーゼは貴族しか入れない王立学園に入学している。だから叔父がどうにかして手続きをして、正式にオフレ公爵家の娘になったのだと思っていた。

「詳細を調べる必要がある。もし、正式なオフレ公爵家の娘でないのであれば、オフレ公爵代理はさらに重大な罪を犯していることになる。それにマリーゼは騎士に、嘘の報告をしている。公爵家に引き取られてからも冷遇され、異母姉に虐められていたと語ったことも、そのひとつだ。それが嘘だったと証明するために、君の口からはっきりと聞かせてほしい」

「……」

ゼフィールの言葉に、リゼットはすぐには答えられなかった。

たしかにリゼットはマリーゼを虐めたことなどないし、むしろ冷遇されていたのはリゼットの方だ。

生まれ育った家のはずなのに、物置に追いやられ、メイドとして働かなければ食事もできない有様だった。

そんな惨めな状況を、エクトルに知られたくなかったのだ。

彼はすでに、リゼットが学園でも他の生徒たちに避けられ、マリーゼに嘲笑われていることを知っている。

それでも、自分の屋敷でメイドとして働いていたことを知られてしまえば、さすがに軽蔑されるのではないか。

生きるためだと割り切って、それなりに楽しんではいたが、貴族令嬢として恥ずべきことだったという自覚はある。

「リゼット」

何も言えずに俯いていたリゼットだったが、ふいに優しい声で名前を呼ばれて、思わず顔を上げる。

エクトルの深い青色の瞳が、静かにリゼットを見つめている。

「君が異母妹を虐めるような人ではないと知っている。それに、この手だ」

リゼットの手を、エクトルはそっと摑んだ。

その手は、家事や町での仕事によって荒れてしまっている。

「リゼットの手が貴族令嬢のものとは違うと、気が付いていた。君の叔父は、正当な公爵家の後継者であるリゼットに、メイドのひとりもつけてくれなかったのか？」

「……っ」

エクトルは気が付いていたのだ。

知られてしまったのが悲しくて、恥ずかしくて、リゼットは顔を上げることができなかった。

だがリゼットの手が荒れていることなど、注意して見なければわからないことだ。

エクトルが気付いているのならば、もう隠す必要はない。

リゼットは覚悟を決めて、すべてを話すことにした。

エクトルから離れ、まっすぐに前を見た。

「メイドは、ひとりもいません。全部、自分でやっていました」

「……そうか。料理をしていたのは趣味ではなく、しなければならない状況だったのか」

エクトルの言葉にリゼットは頷き、穏やかな笑みを浮かべる。

「はい。学園寮に入ってから覚えたので、最初は散々でした。でも最近は、お菓子などを作るのが楽しくて。エクトル様に食べていただけたのも、とても嬉しかったです」

「エクトルが？」

ゼフィールは驚いた様子だったが、エクトルは優しい顔をして頷いてくれた。

「ああ、うさぎか」

「はい。あの頃はクッキーの材料ばかり買ってしまって、食費に困ったこともありました。私も、少し意地になっていたのかもしれません」

リゼットとしては、うさぎの形に拘（こだわ）った自分を笑ったつもりだった。

けれど、ゼフィールとエクトルは顔色を変えて、リゼットを見つめる。

「食費？　まさか、公爵家ではメイドを派遣しなかっただけではなく、生活のための費用さえも出さなかったのか？」

「あ……」

失言に気が付いたリゼットは唇に手を当てて、何とか言い訳をしようとした。

けれど、王太子の前で嘘を言うことはできない。

こうなったら、すべてを話すしかないだろう。

リゼットは覚悟を決めて、今までのことを語りだした。

「たしかにマリーゼは、冷遇などされておりません。引き取られてきたその日から、叔父に大切にされ、欲しいものはすべて与えられてきました」

そう言ってからふたりの様子を伺ったが、エクトルもゼフィールも、リゼットの言葉を疑っていない。それに励まされて、言葉を続ける。

「最初はドレスを奪われるくらいでした。でも、叔父がマリーゼに優しくしなければ駄目だと言うので、おとなしく従っていました。そのうち部屋を交代するように言われて、私の部屋はマリーゼのものになりました。新しい部屋は、以前は物置だった場所でした」

物置に追いやられ、新しいドレスやメイドさえもいない日々。

「そのとき、君は何歳だった？」

「父が亡くなったのは、私が十歳のときです。それから祖父が亡くなるまでは、叔父は優しかったのですが……」

「当時はもう、レオンスと婚約していたはず。レオンスは何もしなかったのか？」

「叔父も異母妹も、レオンス様との交流だけは、行かせてくれましたから。学園寮に入るまでは、ドレスも装飾品もいただいていました」

あの頃は、レオンスの存在が救いだったのだと、リゼットはゼフィールに説明した。

「だが、自分の婚約者がそんな状況に陥っていることに、レオンスが気付かなかったのは事実だ」

「叔父もマリーゼも、レオンス様の前では私を虐げるようなことはしませんでしたから」

レオンスが、リゼット自身にまったく興味がなかったことも理由だったが、それは口にしなかった。

だが本当にあの頃は、レオンスの存在に助けられたこともあった。

そう懐かしく思い出す。

その彼が、あんなに簡単にマリーゼに騙されるとは、リゼットもまったく思わなかった。

「私が学園に入学して寮に入ってからは、義母は私がレオンス様との面会を拒んでいて、贈り物の礼状さえ書く気がないのだと伝えていたようです。代わりに異母妹のマリーゼを、レオンス様とのお茶会に参加させていました。私が悪かったのです。レオンス様のことよりも、あの屋敷から逃げることを優先させてしまいました」

「……いや、今までしっかりと交流していれば、リゼットがそんなことをするはずがないと、レオンスにもわかっただろう。このような卑劣な者たちに、簡単に騙されてしまうとは」

ふたりとも、ここまではリゼットの話を信じてくれている。

とうとうメイドとして働いていた件を話すことにした。

「メイドがいないことくらいなら何とかなりましたが、そのうち食事も運んでもらえなくなりました。さすがにこのままでは生きていけないと思い、メイド服を着て、使用人たちの食堂に行くようになりました」

「食事まで？」

リゼットの告白に、ゼフィールもエクトルも憤ってくれた。

「叔父がそうしろと命じたのではなく、私にまったく関心がなかったのでしょう」

主がそんな態度であれば、使用人たちもリゼットを蔑ろにしてもかまわないと思っただけだ。

それが積み重なり、誰もリゼットの世話をしなくなった。

リゼットに食事が出されていないことさえ、誰も気が付いていなかったかもしれない。

そう思えば、嫌みを言ったりしてきたマリーゼが一番、リゼットの存在を気にしていたのだろう。

「メイド服を着て食事をしているうちに、仕事を言いつけられるようになりました。そのときに給金としてもらったお金と、祖父が生前、何かあったときのためにお金を渡してくれたので、それを節約しながら使っていました。学園に入ってからは、長期休暇のたびに町で下働きをして……」

公爵令嬢だったはずのリゼットが、町で下働きをしていた。

それを聞いたエクトルの手に、力が入ったのがわかった。

恥ずかしいことだと、理解している。

けれど、どうしようもなかったのだ。

「オフレ公爵家の娘として、恥ずべき行為だったと理解しております。ですが、どうしようもありませんでした」

ゼフィールもエクトルも、蔑みを言葉や態度で示すような人ではない。

けれどゼフィールはもちろん、エクトルも高貴な身分だと察せられた。

そんなふたりは、メイドとして働いただけではなく、町に出て下働きをしていたリゼットに、嫌悪を抱くのではないかと思っていた。

「恥ずかしく思う必要などない。君は、ひとりで立派に戦った」

けれどエクトルは、そんなリゼットに、優しくそう言ってくれた。

驚いて顔を上げれば、エクトルの視線は言葉と同じように慈しみに満ちている。

彼のこんな表情は、一度も見たことがない。

だから同情などではなく、本心からそう言ってくれていることがわかった。

「ありがとうございます……」

「少ない材料の中で、クッキーだけではなく、他のものも作ってくれたな」

「はい。うさぎ型の焼き菓子ですね。町で作り方を聞いたのですが、素朴でとてもおいしかったので、作ってみたくなって」

普通のパンで、サンドイッチを作ると約束していた。

機会を伺っていたが、まだその約束を果たしていない。

「そんなつらい状況だったのに、俺のことまで気遣ってくれていたのか。……俺も、いつまでも過去に囚(とら)われているべきではないな」

ぽつりと呟かれた言葉。

エクトルが何を決意したのか、リゼットにはわからなかったけれど、それを聞いたゼフィールが、驚いたように目を見開いていた。

王太子としていつも冷静であるはずの彼が、そこまでに驚くほどの理由があるのだろう。

「向こうが嘘を言っているのは明白だ。それに、どうやら俺の存在も利用しているようだ。こうなっては、無関係ではいられない」

「……そうだな」

エクトルの言葉に、ゼフィールは我に返ったように同意した。

「それに、もうひとつ気になることがある。リゼットの父は、俺と同じような症状だったらしい」

「！」

エクトルのその言葉に、今まで考え込むような表情をしていたゼフィールが、リゼットが驚くほどの勢いで顔を上げた。

「それは、本当なのか？」

問い詰めるように言われて、勢いに押されながらも、こくこくと頷く。

「詳しい調査が必要だろう」

そう言ったエクトルは、リゼットを見た。

「詳細はまだ話せないが、君の父について、また聞くことがあるかもしれない。かまわないだろうか？」

「はい、わかりました」

父の死には、何か原因があったのではないか。

ふたりの会話から、リゼットはそれを察した。

もしそうなら、リゼットも父の死の解明のために、できることは何でもやりたかった。

「色々と立ち入ったことを聞いて、すまなかった。これから事件についてさらなる調査が行われる予定だ。だがまったく見当違いとはいえ、一度名前を上げられてしまった以上、リゼットには監視がつけられることになる」

「ゼフィール。監視ではなく、護衛だ」

エクトルが抗議するようにそう言ったが、リゼットはすぐに頷いた。

「承知いたしました」

リゼットには、疚しいことなど何ひとつないのだから、呼び名にあまり拘りはない。

こうしてゼフィールが監視役として呼び出したのは、リゼットよりも少し年上の女性だった。彼女はメイドとして、リゼットの傍にいてくれるのだという。

（メイド？）

監視というからには、騎士などがリゼットの行動を見張るのかと思っていた。

リゼットは困惑して、メイド服の彼女を見つめる。

「あの、騎士ではないのですか？」

「メイドの方が、常に傍で君を守れる」

戸惑うリゼットに、エクトルがそう言った。

「エクトル様……」

「身の安全のためにも必要なことだ。向こうもオフレ公爵代理が拘束されて、かなり焦っていることだろう。君にすべての罪を着せて、口封じをする可能性もある」

「……っ」

リゼットは息を呑み、怯えを隠すように手を握りしめた。

（たしかにマリーゼなら、すべて私のせいにするかもしれない）

現にエクトルの存在を利用して、リゼットを陥れようとしたのだ。

そして叔父が何も言わない以上、今の段階ではリゼットと同じくマリーゼも、事情聴取をすることしかできない。もうあとがないと、強引な手段を使う恐れがある。

ここは、ゼフィールとエクトルの言葉に従うべきだろう。

「学園には、エクトルの護衛をしている騎士がいる。なるべく図書室にいるようにしてほしい」

「はい。ですが、このままエクトル様のお傍にいてもよろしいのでしょうか？」

彼に迷惑を掛けるわけにはいかないと、リゼットは懸念を口にした。

マリーゼはリゼットを陥れるために、図書室で顔を合わせていたエクトルをリゼットの恋人だと言った。

彼と一緒になりたいから、叔父を使って婚約の契約書を破棄したのだと訴えたのだ。

それはゼフィールが、リゼットがエクトルの傍にいたのは自分の頼みだったからだと否定してくれたらしいが、これ以上、エクトルを巻き込むわけにはいかない。

今思うと、エクトルと図書室で過ごした時間はとてもしあわせだった。

彼との何気ない会話が、ひとりで懸命に生きてきたリゼットの孤独を癒してくれた。

うさぎの形に拘ったクッキー作りも楽しかったし、それをエクトルが食べてくれたことも嬉しかった。

かけがえのない、大切な時間だった。

もうあの時間を過ごせなくなると思うとつらいが、追い詰められたマリーゼは、ゼフィールの言うように何をするかわからない。

エクトルにまで危険が及ぶ前に、離れなければ。

「俺の傍にいるのは、嫌か？」

そう決意したのに、寂しそうに言われてしまい、リゼットは勢いよく首を横に振った。

「いえ、そんなことは絶対にありません。ただ、私と一緒にいると、ご迷惑を掛けてしまうと思って」

「迷惑ではないよ。それに、どのみち君には護衛が付けられる。俺と一緒にいた方が、護衛はひとりですむだろう。俺たちの関係が向こうとは違って疚しいものではないことは、ゼフィールが証明してくれる」

「ああ、もちろんだ。護衛騎士も常に傍に置くようにするから、何も心配はいらない」

ゼフィールもそう言ってくれた。

それでも迷惑を掛けたくなくて躊躇うリゼットに、エクトルはさらに言葉を続けた。

「サンドイッチを作ってくれるという約束も、まだ果たしていない」

「はい。そうですね」

彼の言うようにその約束はまだ果たされていない。

リゼットも、エクトルのために作ることを、とても楽しみにしていた。

「あらためて私からも言おう。エクトルを頼む」

「承知しました」

ゼフィールの言葉に、リゼットも覚悟を決めて頷いた。

こうしてリゼットは、護衛騎士に守られ、メイドになってくれた女性と一緒に学園寮に戻った。

「リゼット様。これからお傍に仕えさせていただきます、マーガレットと申します」

彼女は部屋に到着すると、そう名乗って丁寧に頭を下げてくれた。

「リゼットです。これからお世話になります」

そう言ってリゼットも頭を下げると、彼女は驚いたようだ。

「リゼット様はオフレ公爵令嬢なのですから、私のような者に頭を下げてはなりません」

「でも今まで私は、ひとりでこんな生活をしてきました」

ほとんど家具もなく、クローゼットにも制服とメイド服しかない。

そんな部屋を見渡して、リゼットは笑みを浮かべる。

「だから今さら、公爵令嬢になんて戻れないのです」

「いいえ。そんなことはありません」

やや自嘲気味にそう言ったリゼットの言葉を、マーガレットはすぐに否定した。

「リゼット様は、正当なオフレ公爵家の後継者です。不当に虐げられていた時間を、これから取り戻していきましょう」

「……ありがとうございます」

「そこは、ありがとう、とおっしゃってくださいね」

メイドに敬語を使わないようにと注意されて、リゼットは頷く。

「ええ、ありがとう」

にこりと笑って頷いたマーガレットは、さっそく夕食を作ってくれた。

自分では何もせずに誰かに作ってもらうなんて、随分とひさしぶりだ。

公爵家の屋敷にいた頃は、メイドとして働いた対価で、食事がもらえたようなものだ。

夕食はとてもおいしかったが、あまり量を食べることはできず、マーガレットは明日から量を調整すると言ってくれた。

「少しずつ、食べられる量を増やしていきましょう。でも今までも、栄養バランスには気を付けていらしたのですね」

「ええ。もし病気になっても寝ていることしかできないから、普段から体調には気を付けていたわ」

「本日からはもう、そのような心配はありませんよ。朝食と夕食は私の方で準備いたしますが、昼食はどうなさいますか？」

「昼食は……」

ふと、エクトルの顔がよぎる。

約束を果たさなくてはならない。

「昼食は、私が自分で作ります」

「はい、承知いたしました。昼食でお使いになる材料も、教えていただければ買っておきますので」

「お願いします」

食費やマーガレットの給金などが気になったが、マーガレットはゼフィールからの命令でここに配属されたので、雇い主もゼフィールということらしい。

さらに食費や生活のために必要なものなどは、父の遺産の中から、学費と同じように引き落としてくれるという。

リゼットの生活を知って、ゼフィールがそうできるように手配してくれたようだ。

これで、お金の心配はなくなった。

それだけで、心の負担が随分減ったように思う。

少しずつ減っていくお金に、自分が思っていたよりも不安を感じていたのかもしれない。

(サンドイッチを作らないと)

せっかく、エクトルが食べると言ってくれたのだ。

あの日のように余ったパンに野菜を挟んだ簡単なものではなく、栄養のあるおいしいものを、エクトルのために作りたいと思う。

パンも、自分で焼いたものを使うつもりだ。

夕食後は、さっそく明日の昼食のために下拵えをする。

この昼食作りだけは、マーガレットは口も手も出さず、リゼットのやりたいようにやらせてくれる。

初めてお菓子ではない料理を持っていくので、少し緊張していた。

食べると約束はしてくれたが、それでも無理をしてほしくない。

その見極めだけは、絶対に間違えてはならないと決意する。

下拵えが終わると、もうやることがなくなってしまった。

明日の朝食の準備も、部屋の掃除も、すべてマーガレットがしてくれたからだ。リゼットは、軽く勉強をしてから就寝することにした。

ひとりきりに慣れていたリゼットは、部屋の中に誰かの気配があると、かえって落ち着かないくらいだ。


翌朝。

昼食のサンドイッチはひとりで作ったが、身支度はマーガレットが手伝ってくれた。

本当は朝の身支度も朝食の準備も、自分でやった方が気楽である。

けれどマーガレットは、リゼットは公爵令嬢なのだから、少しずつ世話をしてもらうことに慣れなくてはと言う。

髪も丁寧に梳いてもらい、自分でも驚くほど艶やかで綺麗になった。

「それではお嬢様、いってらっしゃいませ」

恭しく見送られると、自然と背が伸びる。

こんなに自分のために一生懸命になってくれるマーガレットが、恥ずかしくないように振舞いたいと思ってしまう。

(ああ、そうだわ。お父様も言っていた……)

仕えてくれる人たちが、領民たちが、恥ずかしく思うような主になってはいけない。

幼い頃から言い聞かせられていた、父の教えだった。

素晴らしい父だった。

そして、母とリゼットを深く愛してくれた。

どうしてそんなことを、忘れてしまっていたのだろう。

あの父が、母を裏切るはずがない。

幼いリゼットにとって、屋敷は世界のすべてだった。

そこから追い出されてしまえば、もう生きていけないと思っていた。

だからその新しい支配者となった叔父には、けっして逆らってはいけないと、理不尽な要求もすべて呑み込んだ。

リゼットは、まだ十歳だった。

けれど、あのときの自分は間違っていたと、今ならわかる。

きちんと自分の意志を持ち、叔父に抵抗するべきだったのだ。

学園寮では、マーガレットが一緒にいてくれる。

けれどゼフィールが自ら護衛騎士を同行させたエクトルはともかく、王族でもない普通の生徒が、護衛を伴って学園に行くことはできない。

だから図書室に行けばエクトルとその護衛騎士がいてくれるが、マーガレットがいる学園寮からその図書室に行くまでの間は、さすがにひとりになってしまう。

マーガレットはそれを昨日の夜から心配してくれていたが、それほど遠くないから大丈夫だと言って、ひとりで出てきた。

（でも……）

学園に近付くにつれ、周囲の視線が気になる。

こちらを見てひそひそと小声で話す人たちの視線は悪意に満ちていて、何度も立ち止まりそうになった。

いつもとは違う雰囲気に戸惑いながらも、足早に図書室に向かう。

だが、学園の入り口に立ち塞がるマリーゼの姿を見つけて、彼女がまた自分に都合の良い噂を広めたのだとわかった。

「お異母姉様。叔父様が捕まり、レオンス様が謹慎となったのに、どうしてそんなに平然としていられるのですか？」

どうやらゼフィールが言っていたように、レオンスは謹慎となったようだ。

肩を震わせ、潤んだ瞳でそう言ったマリーゼは、静かに涙を零した。

白い頬をゆっくりと伝わっていく涙。

震える華奢(きゃしゃ)な身体。

マリーゼの本性を知っているリゼットさえ、目を奪われるほど美しい姿だった。

「今日もまた、図書室で恋人と密会ですか？　お異母姉様は、レオンス様の婚約者なのですよ」

大事にしないためにも、相手をしない方が良い。

マリーゼがいくら嘘を広めても、学園の中で冷たい目を向けられるだけ。

公式の場では、ゼフィールがリゼットの潔白を証明してくれる。

そう思っていたけれど、エクトルの存在をそんなふうに言われたら、さすがに黙っていることはできなかった。

「私とあの方は、そのような関係ではありません。ゼフィール王太子殿下のご命令で、お世話をさせていただいているだけです」

落ち着いた口調で、それでもきっぱりとそう言うと、マリーゼが目を見開いた。

今まで何を言われても反論しなかったリゼットが、言い返したことに驚いたのだろう。

「王太子殿下からだなんて、そんな言い逃れを……」

「嘘ではありません。あの方の護衛に近衛騎士の方がついていることを、あなただって知っているでしょう」

学園で近衛騎士の姿を見た人は、他にもたくさんいるはずだ。

しかもアーチボルドがゼフィールの側近であることも、知っているだろう。

ゼフィールが関わっていることならば、不確かな噂を口にするべきではないと悟ったのか、周囲の騒めきが消えた。

「嘘よ……。そんなの嘘だわ」

そんな中、マリーゼだけは受け入れたくないようで、嘘だと繰り返している。

「叔父様に関しても、私は無関係です。ずっと寮で生活しているので、二年ほど会っていませんから。それに叔父様が私のお願いを聞いてくれるなんて、あり得ない。それは、あなただって知っているでしょう?」

「……っ。黙りなさい」

よほど余裕がないのか、マリーゼの口調が、リゼットと味方のメイドたちしかいないときのものに変わっている。

突然、厳しい声でそう言ったマリーゼに周囲は驚いた様子だったが、彼女自身はまったく気が付いていないかった。

「それに、婚約解消を望んでいたのは私ではなく、レオンス様とあなたでしょう？」

「黙れと言ったのが、聞こえなかったの？」

激高したマリーゼはそう怒鳴り、リゼットを突き飛ばした。

「あっ」

マリーゼに突き飛ばされるのは、初めてではない。

屋敷にいた頃は、よくこうされていた。

いつものように受け身を取ろうとしたが、昼食のサンドイッチを庇ってしまったので、派手に転がってしまった。

地面に倒れるリゼットに、周囲がどよめいた。

「何よ、大袈裟ね。いつもは、そこまで転ばないのに」

マリーゼは嘲笑うようにそう言ったが、周囲にはたくさんの人がいることを思い出したのだろう。

焦ったように、身を翻して立ち去って行った。

突き飛ばしたことよりも『いつもは』と発言したことの方が致命的だったことに、気が付いていない様子だった。

「リゼット様、大丈夫ですか？」

そのとき、ちょうどタイミングを見計らったように、アーチボルドが駆けつけてきた。

学園の中から現れたので、エクトルを送ってきたのだろう。リゼットを助け起こし、荷物を拾ってくれた。

「やはり明日から、寮までお迎えに行った方が良さそうですね」

「いえ、そこまでお世話になるわけには……」

「ゼフィール王太子殿下から、エクトル様とリゼット様をお守りするように言われております。任務ですから、お気遣いなく」

アーチボルドの言葉に、周囲はますます静まり返る。

この会話を聞いてしまえば、リゼットがエクトルと一緒にいたのは、ゼフィールからの命令なのだと、信じざるを得ないだろう。

リゼットは、呆然としている周囲の生徒たちを顧みることなく、そのままアーチボルドに送られて、図書室に入る。

「明日から、寮の入り口までお迎えに上がります」

「はい。ありがとうございました」

アーチボルドはそのまま王城に戻るようだが、他の騎士がずっと警護してくれるようだ。

「リゼット」

エクトルは、わざわざ立ち上がってリゼットを迎え入れてくれた。

「異母妹に絡まれたようだが、大丈夫か？」

どうして知っているのかと少し驚いたが、図書室から学園の入り口が見えることを思い出した。

もしかしたら、アーチボルドを向かわせてくれたのも、エクトルなのかもしれない。

「はい。転んでしまっただけです。でも、サンドイッチは無事でしたから」

持っていた荷物を掲げて少し得意そうに言うと、エクトルは呆れたように笑う。

でもその笑みはとても優しくて、いつの間にこんなに優しい顔をしてくれるようになったのだろうと考える。

最初は、疎ましそうに見られていた。

彼が倒れたときに助けてから、少しずつ打ち解けてはきたけれど、やはり直接のきっかけは、クッキーかもしれない。

うさぎの形に拘って試行錯誤したことを思い出して、リゼットも笑みを浮かべる。

思い返してみても、あれほど楽しい時間は、今までのリゼットの人生にはなかった。

それからはいつものように、隣の席でそれぞれの時間を過ごす。もうすぐ試験が近いので、リゼットもいつもよりも集中して勉強に励んだ。

エクトルは、わからないことがあれば何でも聞いても良いと言ってくれるが、自分で調べて答えを見つけ出すことも、それなりに楽しい。

気が付けば、もう昼休みの時間になったようだ。

「エクトル様。そろそろ休憩しませんか？」

「ああ、そうだな」

声を掛けると承諾してくれたので、一緒に休憩室に移動する。

まず紅茶を淹れてから、いよいよ手作りのサンドイッチを取り出した。

（うん、無事ね）

マリーゼに突き飛ばされてもしっかりと腕に抱えて守っていたので、潰れてはいなかった。

そんなものをエクトルに出すわけにはいかなかったので、よかったと安堵する。

「これ、お約束していたサンドイッチです」

そっと差し出すと、エクトルはそれを見て感嘆したように言った。

「色々あるな」

食べやすいように、一口サイズで作ったサンドイッチは、エクトルの好みがわからなかったので、色々な具を用意してある。

たまごサンド、ハムと野菜のもの。シンプルなジャムに、フルーツを挟んだものも。

どれかひとつでも食べてくれたら嬉しいと思っていたのに、エクトルはひとつずつ、じっくりと味わうように食べてくれた。少し小さめに作りすぎてしまったかと思ったが、リゼットもあまり量を食べられないので、このくらいで良いのかもしれない。

「あの、マリーゼが言っていたのですが、レオンス様は謹慎になったのでしょうか？」

叔父が重要書類を盗み出した罪で拘束されていることは聞いたが、レオンスのことは知らなかった。

食事のときに聞く話ではないと思い、食べ終わったあとにそう尋ねてみると、エクトルは頷いた。

「ああ。キニーダ国王がそう命じたらしい。表向きの理由は、学園内での暴行だ。あの診断書が役に立った」

「暴行……」

それは間違いなく、自分がレオンスに突き飛ばされたときのことだろう。

でもエクトルの話では、それだけが理由ではないようだ。

「表向きというのは……」

「今回の契約書が紛失した事件は、レオンスがキニーダ国王にリゼットとの婚約を解消したいと訴えて、却下されたすぐあとのことだ。だからレオンスも関与が疑われている。むしろ状況を考えると、レオンスがオフレ公爵代理にやらせたのかもしれない」

さすがにキニーダ国王も、レオンスを庇いきれなくなったのだろう。

この事件が解決するまで、別宅で謹慎することにさせたそうだ。

叔父もレオンスも傍にいない。

だからマリーゼは、あんなに焦っていたのかもしれない。

「オフレ公爵代理も、いつまでも沈黙を続けることはできないだろう。この事件も、近いうちに必ず解決する。護衛に守られる生活は窮屈かもしれないが、それまでの辛抱だ」

「はい。ありがとうございます」

エクトルの気遣いに、リゼットは礼を述べた。

どのみち、レオンスとの婚約は解消されるだろう。

むしろ契約書が紛失した時点で、もう婚約はなくなったようなものだ。

レオンスとの婚約を解消したあとはどうするか、それを考えなくてはならない。


それからしばらくは、平穏な日々が続いた。

寮ではマーガレットがいて、リゼットが生活しやすいように、色々と配慮してくれる。

毎朝、護衛騎士が寮まで迎えに来てくれて、図書室で勉強している間も、エクトルと一緒に守ってくれる。

マリーゼがたまにこちらを睨んでいたが、護衛がいるため、近寄ることはできないようだ。

周囲にいる人たちにリゼットが悪いのだと必死に訴えていたようだが、以前と違って、その話を真に受ける人も少なくなっている。

リゼットの背後に、ゼフィールがいることが明白だからだろう。

余裕のなくなったマリーゼは、ただリゼットに対する憎しみを募らせるようになったらしい。

以前は何人もの友人を引き連れていたのに、最近はひとりのようだ。

マリーゼが以前のように可愛らしく装う余裕がなくなったからか。

もしくはオフレ公爵代理である叔父が、拘束されたという噂が広まったからかもしれない。

叔父が拘束されても、以前からひとりだったリゼットには、何の影響もないことだ。

だが叔父の拘束が長期に渡り、さらに実刑となる可能性もあるため、オフレ公爵家を当主不在のままにはしておけない。

放課後、ゼフィールに呼び出されたリゼットは、それについて説明を受けた。

「リゼットはまだ成人していないので、公爵代理にはなれない。王家預かりになるか、それとも親戚の中から信頼できる者に代理をしてもらうか。一応、リゼットの希望を聞いておきたくてね」

「ありがとうございます」

どちらが良いか尋ねられ、リゼットは迷うことなく王家預かりになることを選んだ。

オフレ公爵家にはまだ、義母がいる。

父と再婚していたわけではなく、オフレ公爵家には何の権限もないはずだが、ずっとあの家の女主人のように振舞っていた。

そんな義母が残っている。

父が生きていた頃の執事やメイド長が残っていれば安心して任せられたかもしれないが、今の使用人たちを、リゼットは信用していなかった。

「わかった。すぐに手配しよう」

ゼフィールがそう答えてくれて、リゼットは安堵した。

これで、オフレ公爵領の領民たちは大丈夫だろう。

叔父は少しずつ自白を始めたが、やはりマリーゼと同じように、リゼットに頼まれてやったことだと言ったらしい。

（そんな……）

いかにマリーゼを可愛がっているとはいえ、血の繋がった叔父である。

リゼットのことも、少しは思ってくれているのではないか。

どこかでそんなふうに考えていたが、叔父にとって大切なのは、やはりマリーゼだけらしい。

「リゼットはレオンスとの婚約を嫌っていて、契約書を破棄してほしいと頼まれた。そう言ったらしいが、もしそれが本当だったとしても、後見人だというのに止めもせず、その通りに行動した彼が間違っている。しかも、リゼットにはそうする動機がない。嘘の証言をしたことで、また罪を重ねただけだ」

ゼフィールの言葉を聞きながら、リゼットは静かに瞳を閉じる。

父と祖父が亡くなり、これからは叔父と異母妹が家族になったのだと思っていた。

実際には父が亡くなったときから、リゼットの家族はもう誰もいなかったのだろう。

(でも、今までだって、ひとりで生きてきたようなもの。これからも変わらない。同じように生きていくだけ)

そう決意したリゼットの背に、ふいに触れた温もりがあった。

顔を上げると、エクトルがリゼットの背に手を添えていた。

「エクトル様……」

とても温かくて、こうしているだけで、今まで感じていた孤独が消えていく。

今のリゼットは前と変わらずひとりだけど、傍にはエクトルやマーガレットがいてくれる。

もう孤独ではないと、気付くことができた。

「ありがとうございます」

彼を見上げ、もう自分は大丈夫だと示すために微笑むと、エクトルは眩しい光を見つめているかのように、目を細めた。

ゼフィールの話はこれで終わりのようだが、リゼットには、彼に聞きたいことがあった。

「あの、ゼフィール殿下」

そう声を掛けると、彼は先を促すように頷いた。

「どうした？」

「次の週末ですが、外出してもかまわないでしょうか？」

どうしても行きたいところがあったが、護衛してもらっている今の状況では、勝手に出かけることはできないだろう。もし無理だと言われたら、諦めるつもりだった。

だがゼフィールは、すぐに許可してくれた。

「あまり遠くなければ、かまわない。どこに行きたい？」

「父の命日が近いので、お墓参りに行きたくて」

「そうか。わかった。その日は護衛騎士を同行させよう」

リゼットの言葉を聞いてそう言ってくれたゼフィールは、ふと何かを思いついたようにエクトルを見た。

「そうだ、エクトル。一度、町を視察したいと言っていただろう。リゼットと一緒に行ったらどうだ？」

「ああ、そうだな。リゼットに同行させてもらおう」

エクトルは、町の様子に興味があったようだ。

「は、はい。よろしくお願いします」

こうして次の休みには、リゼットはゼフィールと出かけることになった。


そのときに決まった通り、次の週末になると、リゼットはエクトルと一緒に町に出た。

最初は両親の墓参りに行き、帰りはリゼットの馴染みの商店街を案内することになっている。

一年ぶりに訪れた父の墓に、リゼットは静かに祈りを捧げる。

学園に入る前は、墓参りさえ自由に来ることができなかった。

去年は父の墓の前で、つい泣いてしまった。

けれど今年は、穏やかな気持ちでここに来ることができた。

きっと背後で見守ってくれている、優しいエクトルの視線のお陰だろう。

それから、商店街に向かった。

優しい町の人たちは、変わりなく過ごしているのだろうか。

(皆と会うのも、ひさしぶりだわ)

マーガレットが来てくれてから、町に買い物に行くこともなくなってしまった。

エクトルには事前に、自分は身分を明かしていないこと、町の人たちは、自分をメイドだと思っていることを話している。これからも、貴族だと打ち明けるつもりはなかった。

エクトルはそれを承知してくれて、自らの銀色の髪に触れ、しばらく思案した。

「そうだな。俺のことは、ユーア帝国の商会の者だとでも言えば良い。王都の様子に興味を持って、リゼットに案内してもらっていることにするか」

「すみません、私の我儘で」

「我儘などではないさ。むしろリゼットと町を歩くのが、楽しみだ」

エクトルはそう言って、柔らかな笑みを浮かべた。

その笑顔に、思わずどきりとした。

「はい。私も、楽しみです」

それだけは伝えたくて、リゼットは恥ずかしさに俯きながらも、そう告げた。

ゼフィールに話したら、一緒に行く護衛も、裕福な商会に雇われた護衛としての恰好で行かせてくれることになった。

だから今日の馬車は、それほど大きなものではない。

リゼットが道を説明し、やがて賑わった市場が見えてきた。

「ここで停めてください」

そう言うと、馬車はゆっくりと停まった。

エクトルに手を取られて馬車を降りたリゼットは、懐かしい町の喧騒に、思わず目を細める。

「あら、ひさしぶりだね。心配していたんだよ」

馴染みの店の女性は、そう言うとリゼットを抱きしめてくれた。

優しい温もりに、胸が温かくなる。

「この方は？」

「ええと、私の主のご友人です。この町の様子が見たいとおっしゃっていて……」

「なるほど。ユーア帝国の人みたいだね。そんなに大事な友人の案内を頼まれるなんて、信頼されているんだねぇ」

安心したよ、と言ってくれた彼女の顔は、とても優しい。

彼女だけではなく、今までお世話になった人や、働かせてもらった店などにも挨拶して回る。

皆、姿を見せなくなっていたリゼットを心配してくれていた。

仕事の内容が変わったので、頻繁に来ることはできないかもしれない。そう言うと、メイドとして認められたと思われたのか、寂しがりながらも祝福してくれた。

本当に優しくて、温かい人たちだ。

そろそろエクトルのところに戻らなくてはと思っていたときのこと。

彼は、商店街に売られているものや、町の様子などを少し離れたところで観察しているはずだった。

「お姉ちゃん」

ふいに袖口を引っ張られ、リゼットは振り返る。

そこには痩せ細った少女が、今にも泣きだしそうな顔をしてそこに立っていた。

着古した服に、ぱさぱさになった髪が過去の自分を思い出させて、リゼットはそっと少女の手を握った。

「どうしたの？」

「お母さんが、病気なの。お薬が必要で……。お花、買ってください」

小さな声でそう言う少女の瞳は、何度も泣いたのか真っ赤になっていた。

「ええ、もちろん買わせてもらうわ」

買ってほしいと告げられた花は、少女の家の裏に生えているらしい。おそらく町で売られているような切り花ではなく、自然に咲いた野花なのだろう。

だがどんな花でも、必ず買ってあげよう。

リゼットはそう思っていた。

少女の涙も、苦しそうに絞り出した声も、痛々しいほど痩せた身体をしていることもあって、演技には見えなかった。だから疑いもせずに、手を引かれるままについて行ったのだ。

けれど少女は、どんどん遠くに進んでいく。

さすがに、エクトルと護衛の人にひとこと断った方が良いかもしれない。

そう思って立ち止まると、ふいに周辺にある家から、複数の男たちが出てきた。

「！」

びくりと身体を震わせ、逃げようとした。

けれどすぐに取り囲まれてしまい、男の手には大振りのナイフが握られていることに気が付いて、息を呑む。

（どうして……）

あまりの恐怖に、声も出せなかった。

それでも、助けを求めることはできないかと、必死に周囲に視線を巡らせる。

すると、建物の陰でこちらを見ている人を見つけた。

声を上げるべきかどうか迷っているうちに、それが見覚えのある男性だと気が付く。

（あの人は、マリーゼの……）

いつもマリーゼに付き従っている、お気に入りの従者だ。この男たちもきっと、マリーゼの命令で動いているのだろう。

だとしたら目的は誘拐などではなく、リゼットにすべての罪を着せて殺すことだ。

こんなところで死ぬわけにはいかない。

（マリーゼの思い通りになるなんて、絶対に嫌よ！）

そう思ったリゼットは、何とか逃げ出そうとした。

でも男たちは手慣れていて、リゼットはすぐに取り押さえられてしまう。

口を塞がれ、手を縛られる。

リゼットを押さえつける男の力は強く、どんなに暴れても逃げられない。

いくら少女の身に過去の自分を重ね合わせたとはいえ、ひとりで彼女に付いてきたのは、迂闊(うかつ)だったと今さらながら思う。

目の前にナイフを突きつけられる。

鈍く輝く刃は、不気味な紫色の液体に濡れていた。

確実に仕留められるように、毒が塗ってあるのだろう。何とか男の手から逃れることができても、その刃で傷つけられてしまえば、きっともう助からない。

リゼットの絶望とは裏腹に、男たちは淡々としていた。

彼らにとっては、ただ依頼された仕事をこなすだけの、日常的な行為なのだろう。

地面に転がされ、体勢を整えることもできずにいるリゼットに、ナイフが振り下ろされる。

それでも、リゼットは抵抗した。

このまま死ぬなんて、すべてを奪っていったマリーゼの思い通りになるなんて、絶対に嫌だった。

転がってナイフを躱し、まさかリゼットが抵抗するとは思っていなかっただろう男たちの隙をついて、必死に立ち上がった。

走ろうとして背中を蹴られ、あまりの痛みに涙が滲む。

倒れる際に積まれていた箱がぶつかって、大きな音を立てた。その箱がさらに路地裏に転がっていた空き瓶にぶつかり、大きな音を立てる。

「リゼット！」

その音が聞こえたのか、どこからかエクトルの声がした。

声の方向に走ろうとして、髪を引っ張られた。

「……っ」

鋭い痛みに息が止まる。

それでも止まったら殺されてしまうだけだと、必死に前に進もうとした。

「リゼットを離せ！」

エクトルの声が、すぐ近くで聞こえた。

痛みに潤んだままの視界で前を見上げると、護衛騎士がリゼットの髪を摑んでいた男に切りかかっていた。

「無事か？」

その間に青ざめた顔をしたエクトルが、口と手の拘束を解いてくれる。

「……怖かっ……」

声にならず、ただそれだけを言って震えるリゼットを、エクトルは庇ってくれる。

「気付くのが遅れて、すまなかった」

「……わ、わたしが」

自分がエクトルの傍を離れてしまったのが悪い。そう言おうとしたのに、震えて声が出せない。

そんなリゼットを、エクトルは馬車に連れて行こうとした。

だが。

「リゼット様！」

護衛騎士の切羽詰まった声に、リゼットは思わず振り返る。

そこには護衛騎士が捕らえた男とはまた別の男がいて、リゼットに向けてナイフを振り上げていた。

いつの間に、こんな近くまで忍び寄っていたのだろう。

もう避けられるような距離でもないし、悲鳴さえ上げられない。

（ああ……）

自分めがけて振り下ろされるナイフを呆然と見上げていると、リゼットをナイフから遠ざけるように、横から強く押された。

「……っ」

ナイフに切られたのか、黒髪が宙に舞う。

男が振り上げたナイフは、横から突き飛ばされたリゼットの黒髪だけを切り、庇ってくれたエクトルの腕に突き刺さる。

「エクトル様！」

リゼットの悲鳴に、護衛騎士はもう生け捕りするほどの余裕はないと感じたのか、それともひとり捕らえたからそれで良いと思ったのか、リゼットを襲った男を切り捨てて、ふたりに駆け寄ってきた。

「ど、毒が……。あのナイフに……」

すぐに毒を抜く処置をしなければならない。

傷自体は右腕だけのようだが、ナイフに塗られていた毒の方が問題だろう。

護衛騎士が手当をしようとしたが、エクトルが止める。

「あの逃げた男を追え。必ず捕らえろ」

マリーゼのお気に入りの従者は、エクトルたちが駆けつけたときには、素早く逃げてしまったらしい。彼を捕らえれば、マリーゼも言い逃れができないだろう。

手当はリゼットが引き受けることにした。

本で得た色々な知識を思い出しながら、応急手当をする。

「エクトル様、少し痛むかもしれません」

「……ああ、大丈夫だ」

エクトルの声は冷静だった。

それを聞いて、動揺していたリゼットの心も少し落ち着く。

流れる血を見るのは恐ろしかったが、手早く毒を抜く処置をして、手当をした。

リゼットが連れ込まれた場所は、商店街からかなり離れていた。

それでも悲鳴を聞きつけたのか、何人かが心配そうに様子を見に来てくれた。

地面に転がる暴漢や、負傷した人がいることに気が付いたのか、何か手伝うことはないかと声を掛けてくれる。

「髪を洗い流した方が良いよ」

そう言われて、毒が塗られていたナイフに切られたことを思い出す。

けれどエクトルが心配で、傍を離れたくなかった。

「リゼットを連れて行ってくれないか」

エクトルが声を掛けると、町の女性たちが井戸まで連れて行ってくれた。エクトルの傍には、誰かがついていてくれるようだ。

それを見て安心したリゼットは、井戸水で髪を洗い流す。

衣服も水と血で濡れてしまったので、親切な人が着替えを貸してくれた。その間もずっと、女性たちが何人も、リゼットを守るように取り囲んでくれていた。

やがて警備兵も駆けつけたが、ふたりが乗ってきた馬車の御者が対応してくれた。

彼も護衛騎士なのかもしれない。

王太子の命令だからと、生け捕りにした犯人を彼らに引き渡さずに、仲間の到着を待っているようだ。

だが、エクトルは一刻も早くきちんとした治療をしなくてはならない。マリーゼの従者を追って行った護衛騎士の帰還を待たずに、リゼットとエクトルは乗ってきた馬車で王城に戻ることにした。

「……ごめんなさい。私のせいで、こんなことになってしまうなんて。ひとりで、動いてしまったから」

そう言って馬車の中で謝罪するリゼットを、エクトルは優しく慰めてくれた。

「俺なら大丈夫だ。それより、怖かっただろう。髪も、こんなになってしまって」

黒髪の一部は、肩くらいまで短くなってしまっている。エクトルは守れなかったことを悔やんでいるようで、痛ましそうにリゼットの髪を撫(な)でる。

けれど髪などまた伸びるし、切られても痛みを感じない。

それよりも、エクトルの方が心配だった。

今は落ち着いているように見えるが、本当に大丈夫なのだろうか。

リゼットを庇って負った傷も心配だが、少し前まで弱っていたエクトルの身体は、毒に耐えられるかどうかが、一番心配だった。

彼に何かあったらと思うと、殺されそうになったときよりも怖くて仕方がない。

王城に馬車が到着すると、先触れがあったのが、ゼフィールとエクトルの主治医、そしてリゼットのメイドをしてくれていたマーガレットが、青ざめた顔で待っていた。

急いで手当をしようとする医師を遮って、エクトルはゼフィールに話があると告げる。

「手当が先だ」

そう言って険しい顔をするゼフィールに、エクトルは首を振る。

「護衛騎士が、襲撃現場から逃げた怪しい男を追っている。逃げ切られると厄介だ。すぐに増援を」

「……わかった」

ゼフィールが素早く近衛騎士を召喚し、エクトルが逃げた従者の特徴を彼らに伝える。

「すまない。エクトルを頼む」

そう言うと、ゼフィールは国王に経緯を説明するために、部屋を出て行った。

女性医師は本格的に治療をするためにエクトルの元に行き、リゼットは部屋の外で治療が終わるのを待つことになった。

傍には、メイドのマーガレットが付き添ってくれる。

治療には思っていたよりも長い時間が掛かるようで、その間、リゼットはずっと組んだ両手を握りしめ、落ち着かない気持ちで終わるのを待っていた。

ようやく部屋から出てきた女性医師は、泣き出しそうな顔をしているリゼットに、大丈夫だと微笑む。

「怪我は少し深いけれど、後遺症も残らないでしょう。毒も、あれなら大丈夫。ただ、今夜は少し熱が出るかもしれないわ」

大丈夫と聞いて、心の底から安堵した。

思わず足から力が抜けて、その場に座り込んでしまう。マーガレットや女性医師は部屋で休んだ方が良いと言ってくれたが、エクトルの傍を離れるつもりはなかった。

朝まで付き添うと言うと、ふたりともリゼットの身体を心配してくれる。けれど、どうせ今日は眠れそうにない。疲れたら休むことを約束して、ようやく承知してもらった。

あのとき、せめて誰かに声を掛けてから移動していれば。

そう悔やみながらエクトルが休んでいる部屋に入ると、彼はベッドに身体を起こして、リゼットを見つめていた。

「エクトル様、お休みになった方が」

慌てて駆け寄り、その手を握ると、やはり女性医師が言っていたように少し熱い気がする。

「……私のせいで、申し訳ございません」

「守れなくて、すまない」

同時にそんな言葉を言って、互いに驚いて相手を見つめる。

彼の視線は、リゼットの乱れた髪に注がれていた。

「これくらい、何でもありません。髪はまた伸びますから。それよりも、エクトル様の方が」

「俺も大丈夫だ。毒には慣れている」

「え……」

思ってもいなかった言葉に、驚く。

すると彼は何かを決意するように深呼吸をすると、繋いだ手を引き寄せて、リゼットをベッドの脇に置いてあった椅子に導く。

「少し、話を聞いてほしい。つらい話かもしれないが、真実を明らかにして、罪を償わせるために必要なことだ」

ゆっくりと、子どもに言い聞かせるように告げられた言葉に、リゼットも居住まいを正して、こくりと頷く。

それを見て、エクトルは静かに語りだした。

「俺が静養しなければならないほど身体を壊したのは、毒のせいだ。長い間、知らないうちに毒を盛られていたらしい。気が付いたときには、手遅れになる寸前だった」

「……毒」

思わず聞き返したリゼットに、エクトルは無言で頷く。

痛みを堪えているような表情だったが、痛むのは傷ではなく心だったのかもしれない。

つらい過去も、誰かに話すことで楽になることもある。

けれどエクトルの場合は、こうして思い出すたびに、また傷ついているような気がして、切なくなる。

（エクトル様……）

リゼットは、繋いだ手に力を込めた。

「俺に毒を盛ったのは、母親の違う異母兄だった。優しくて尊敬できる異母兄だったから、それほどまで憎まれているとは思わなかった」

「そんな」

思わず声を上げたリゼットに、エクトルは弱々しい笑みを向ける。

「やはり血の繋がりが半分だけでは、家族にはなれないのかと、そう思ったよ」

リゼットとマリーゼ、そしてゼフィールとレオンスを見ながら、エクトルもずっと自分の異母兄のことを思い出していたのかもしれない。

「義母も共犯だったらしい。俺の母は早くに亡くなったから、ずっと本当の母のように慕っていた。だが俺の存在は、ふたりを苦しめるだけだったようだ」

そう言って、静かに目を閉じるエクトルを見て、初めて会った頃を思い出す。

人嫌いで、自分の身体のことなどまったく顧みなかった。それは慕っていた親しい人たちからの裏切りが原因だったのかと思うと、胸が痛い。

家族だと思っていた人たちから裏切られたのだ。

周囲の人間など、誰ひとり信用できなかったのだろう。

リゼットに向けられていた昏い瞳を思い出して、泣きたくなる。

傍にいたいと、強く願った。

もう彼が誰からも傷つけられないように、傍にいて守りたい。

そう思ったところで、彼の症状が父とよく似ていたことを思い出した。

眩暈に、頭痛。少しずつ弱っていく身体。

そして、自分の症状がリゼットの父と似ていると告げたときに、詳しい調査が必要だと言った彼の言葉も。

「……まさか」

真っ青になったリゼットを、エクトルがそっと支えてくれる。

「そんな。お父様は、もしかして……」

「俺と同じ、毒を盛られていた可能性が高い」

すうっと血の気が引く感覚がして、思わず支えてくれていたエクトルにしがみつく。

「すまない。やはり、伝えるべきではなかった」

「いいえ」

気遣ってくれる言葉に、リゼットは小さく首を横に振る。

父は、苦しかっただろう。

あんなにやつれて、最期はあれほどの痛みに襲われて。

それが誰かによって故意に引き起こされていたなんて、信じたくない。

けれど、たしかにエクトルと同じ症状だった。

あまりにもつらいできごとだが、知らないままでいたくない。

「いったい誰が、お父様を」

「それを今、調査しているところだ。もうすぐ結果が出るだろう」

父と同じ症状だと言ったときから、その可能性を考え、調べていてくれたのだろう。

父のことは、彼にとっても、思い出したくない過去を彷彿とさせたに違いない。

それなのに、リゼットのために調べていてくれたのだ。

感謝することはあっても、怒るなんてことは、絶対にあり得ない。

「すみません。何も知らずに、ただ父は病気で亡くなったものだと……」

そう言ってから、はっとした。

先ほどよりも、エクトルの手が熱くなっている気がする。

リゼットは立ち上がり、自分を支えてくれていたエクトルを、ベッドに押し戻す。

「話は、あとからでもできます。どうか今は休んでください」

毒には慣れていると言っていたが、苦しくないはずがない。

しかも、リゼットを庇って負った傷だ。

必死にそう言うリゼットに根負けして、エクトルはおとなしく横になった。

痛みも増してきたのか、ときどき堪えるように目を細める。それを見ると、自分が傷を負ったかのように心が痛む。

「私のせいで」

「そんなふうに思わないでくれ。君を守ることができてよかった」

エクトルはリゼットの頰に手を伸ばそうとして、直前で思い留まったようだ。

そっと指先だけで、リゼットの髪に触れる。

「今はまだ、これだけしか言えないが、心からそう思っている」

それだけ言うと、医師が処方してくれた鎮痛剤が効いたのか、エクトルはそのまま眠ってしまった。

「エクトル様……」

リゼットはずっと、彼の手を握りしめていた。

静かに考えるのは、父を殺した犯人のことだ。

(きっと、間違いなく……)

オフレ公爵家の当主になりたかった、叔父だろう。

許せない。

リゼットは自分の中に生まれた憎しみを押し殺すように、固く目を閉じた。

叔父に奪われたものは多い。

大切な父。

当時の面影もない屋敷。

何ひとつ、取り戻せないものばかり。

さすがにリゼットも、叔父を許そうとは思えなかった。

父と同じように苦しめてやりたいと思うが、エクトルを想う心が、リゼットを思い留まらせてくれる。

もし復讐を望めば、彼はそれを叶えてくれるだろう。

けれど、エクトル自身は義母と異母兄の行為に悲しんではいても、彼らに憎しみを感じてはいなかった。

そんな彼に、復讐の手伝いなどさせてはならない。

父と母も、敵を討つよりも、リゼットのしあわせを願ってくれるだろう。

罪は、法によって裁かれるべきだ。

リゼットはエクトルの手を握りしめながら、そう決意した。

## 第五章

エクトルの傷はそれほどひどくなかったが、毒の方が少し厄介で、ひと月ほどはベッドで療養することになってしまった。

毒に慣れていたという彼でこうなのだから、リゼットならば助からなかったかもしれない。

リゼットは献身的に彼に付き添い、甲斐甲斐しく世話をしていた。

エクトルが回復してきた頃に、ゼフィールが衝撃的な事実を教えてくれた。

以前彼は、リゼットの父の死後に迎え入れられたマリーゼは、正式に公爵家の娘になっていないのではないかと疑問を抱いていた。

そのことを、ゼフィールは調査してくれたのだ。

結果、マリーゼは正式にオフレ公爵家の養女にはなっていなかったことが判明した。

あれだけオフレ公爵家の屋敷で好き放題していた義母もマリーゼも、身分は平民のままだったのだ。

もちろん死後でも、きちんとした手続きをして、間違いなく当主の子だと証明されたら、貴族として認められることもある。

だが叔父は、そんな手続きすらしていなかった。

あれだけ異母妹を大切にしていたのに、どうしてしなかったのか。

しかもマリーゼは貴族ではなかったのに、貴族だけが通う学園に入れてしまった。そのことで、叔父にはさらに、何らかの処罰があるらしい。

もう父が亡くなって六年以上も経過している。

証拠も、父が書いたと言われている手紙と叔父の言葉だけで、それでマリーゼが亡くなった父の娘として認められることはなかった。

しかも義母が、叔父の内縁の妻のような状態だったことが判明した。

「リゼットの叔父が公爵家を乗っ取るために、自分の娘を兄の子だと偽って連れてきたのではないか？」

リゼットと一緒にゼフィールの話を聞いていたエクトルは、マリーゼはリゼットの父ではなく、叔父の子ではないかと疑ったようだ。

義母が叔父の内縁の妻だった事実を知れば、それが一番自然に思える。

マリーゼと叔父の髪の色は、まったく同じだ。

そして、青い瞳は祖父と同じだったので祖父から受け継いだものだとばかり思っていた。しかし叔父の子ではないかと言われてみれば、たしかにそう見える。

「その辺りを、もう少し調査するべきだな」

ゼフィールの言葉に、リゼットは俯いた。

もしマリーゼが異母妹ではなく本当に従妹なのだとしたら、リゼットは叔父を許せない。

マリーゼは父の隠し子で、愛されずに苦労して育ったかわいそうな子だからと、大切なものを取り上げられ、憎まれても耐えてきたのだ。

エクトルも、叔父の罪は徹底的に追及するべきだと言ってくれた。

マリーゼが本当に叔父の子なのであれば、公爵家の乗っ取りを企んでいたことになり、レオンスと結婚どころか、親子ともども罪人として捕らえられることになるだろう。


それから、数日後。

リゼットはひさしぶりに正装して、王城の謁見室に向かっていた。

ついにすべての調査が終わったらしく、ゼフィールに呼び出されたのだ。

エクトルも一緒だが、彼はまだベッドから起き上がれるようになったばかりだ。出会った頃のように、リゼットはエクトルを支えながら歩く。

大広間には叔父と義母。

そしてマリーゼとレオンス。

さらに、国王陛下もいる。

叔父と義母、マリーゼは騎士によって拘束されていて、レオンスは戸惑ったように玉座にいる父と、その隣に立つ異母兄を見ていた。

「全員、揃ったようだな」

国王に何事か囁き、了承を取ったらしいゼフィールはそう言う。そして、気遣うような視線をエクトルに向けた。

エクトルはそんなゼフィールに、小さく頷いている。

大丈夫だと悟ったのか、ゼフィールの顔が王太子のものになった。

「最初に、王城から重要書類を盗み出したオフレ公爵代理の罪状について。調査の結果、オフレ公爵代理の単独の犯行だが、深く関わっていた者はふたりいる」

そう言うと、レオンスは明らかに動揺した様子だった。

それに対してマリーゼは表情ひとつ変えずに、ただ悲しそうに俯いている。

騙されていたレオンスと、そんな彼を利用していたマリーゼの関係がよくわかる気がした。

（レオンス様は、マリーゼを愛していた。でも、マリーゼはどうだったのかしら？）

つい、そんなことを考えてしまう。

「レオンスと、マリーゼ。ふたりがオフレ公爵代理と共謀して、王城からレオンスとリゼットの婚約に関する契約書を盗み出した。異存はあるか？」

「違います！　マリーゼは関係ありません。そこにいるリゼットが、すべて計画したことです」

叔父は声を荒らげたが、背後にいた騎士に取り押さえられた。

「そんなに娘が大事なのか？　姪を冷遇して、陥れるほど」

ゼフィールの言葉に、抵抗していた叔父が、ぴたりと動きを止めた。

「な、何をおっしゃっているのですか？　マリーゼは、兄の隠し子で……」

「それについても、調査の結果が出ている」

もともと酒場に勤めていた義母が、叔父のお気に入りだったこと。

近所の人たちが、子どもができたことで口論をする叔父と義母の話を聞いていたことなど、次々に証拠が提示され、マリーゼの顔が蒼白になっていく。

マリーゼは本当に、自分が亡き父の娘であり、援助も認知もされずに放置されていたと信じていたようだ。

「……叔父様、嘘でしょう？」

消え入るような小さな声でそう尋ねていたが、叔父は答えなかった。

「自分の娘を亡き兄の娘だと偽ったこと。それも、重大な罪だ」

ゼフィールは淡々とそう告げたあと、忌々しそうに顔を顰めた。

そして次の罪状は、正当なオフレ公爵の後継者であるリゼットに対する虐待。

これは叔父だけではなく、義母、マリーゼ、さらに屋敷に勤めていたメイドたちも告発されたようだ。

部屋から追い出し、食事もドレスも与えずに放置した。

そう読み上げられたとき、レオンスは驚いた顔でマリーゼを見た。

「嘘だろう？　マリーゼは、自分が被害者だと……。異母姉に虐められていると、そう言っていたのに」

「まだそんな嘘を信じていたのか？」

エクトルが、そんなレオンスに呆れたように言った。

「リゼットの姿を見ていただろう？　あんなに痩せ細って。どうしてあの状態で、異母妹を虐めていると信じた？」

「……それは」

レオンスは俯いた。

今思えば、心当たりはたくさんあったのかもしれない。

だが彼は、それらすべてを見なかったことにして、自分に都合の良い嘘ばかり信じた。その代償を、これから支払うことになるのだろう。

叔父の罪状は、まだ続く。

最後の、そして最大の罪は、オフレ公爵である父に毒を盛り、殺したことだ。

「そんなことはしていない。兄は病気で……。医師だって、証言してくれるはずだ」

叔父は否定したが、証拠は揃っていた。

その調査には、リゼットも協力していて、覚えていることはすべて話した。

ゼフィールもエクトルも、真相の解明に力を尽くしてくれた。

その結果、当時の父の主治医は、叔父に買収されていたことが判明したのだ。

王太子の命によって王城に召集された医師は、毒を盛ったのは自分ではないと否定したが、叔父の意向によって医療行為は行っていなかった。

たとえ処方された薬をしっかりと飲んでいたとしても、父は助からなかったのだ。

「そんな……」

それを聞いたリゼットは、エクトルの前で初めて泣いてしまった。

父に元気になってほしくて、薬を飲んでほしいと訴えたこともある。

でもそれはすべて、意味のないことだった。

医師は、自分は毒を盛ってはいないと言っていたが、父が苦しむ様を見ていたのに、何もしてくれなかった。

「エクトル様……」

ひとりで声も出さずに泣くリゼットの背を、エクトルが優しく撫でてくれた。

背中に感じる優しい温もりに、涙はますます溢れてしまう。

「す、すみません……」

「無理をする必要はない。ただ君の父は、傍に寄り添い、気遣ってくれた娘の存在に、とても救われていたに違いない」

「そうでしょうか?」

もしそうなら、どれだけ良かったか。

そんな願いを込めてエクトルを見ると、彼は優しい顔で頷く。

「ああ、間違いない。俺が保障する」

その言葉は、父の死の真相を知って絶望したリゼットの心を救ってくれた。

そのエクトルの言葉があったから、冷静に話を聞くことができている。

「お前が、公爵夫人になりたいなどと言うから！」

もう言い逃れはできないと悟ったのか、叔父は激高して義母に怒鳴った。

「何よ、自分のやり方が悪かっただけじゃない。私のせいにしないでほしいわ」

「何だと？」

醜い言い争いに、ゼフィールがさっと手を上げると、背後にいた騎士たちがふたりの口を布で封じる。

「これほどの罪を重ねたのだ。極刑は覚悟しているだろう？」

冷酷なゼフィールの言葉に、ふたりは青ざめて俯いた。

叔父の刑は、父を殺した毒と同じものを、父が摂取させられた期間と同じだけ飲むもの。

そして義母は、僻地（へきち）での労働刑となり、今までオフレ公爵家から奪った財産の返還を求められた。

それは膨大な額であり、一生働いても返せないかもしれない。

叔父は放心し、義母は泣き崩れた。

さすがのマリーゼも、青ざめた顔をして震えている。

それは、今までのような演技ではなかった。

「……レオンス様」

マリーゼが助けを求めるようにレオンスを見ると、それに奮起したのか、レオンスがゼフィールに訴える。

「自分がオフレ公爵代理の娘であることを、マリーゼは知らなかったのだ。彼女も騙されていただけ。被害者だ！」

それに答えたのは、ゼフィールではなかった。

「自分が冷遇されていると、異母姉に虐められていたと嘘の証言をする者が、被害者だと？」

怒りを滲ませるエクトルの言葉に、レオンスは気圧されて口を噤む。

つい最近まで毒に冒されていたとは思えないほど、エクトルの瞳は鋭い光を帯びている。

「むしろリゼットを苦しめて楽しんでいたのだろう。欲に溺れた両親よりも、質が悪い」

「そ、そんな……。ひどい……」

エクトルの辛辣な言葉に、マリーゼの瞳にたちまち涙が溢れる。

「貴様、マリーゼを侮辱するとは！」

激高したレオンスがエクトルに詰め寄ろうとするが、たちまち騎士たちに取り押さえられた。

「何をする、無礼者！」

レオンスがわめきたてるが、騎士たちはレオンスを解放しようとしない。ますます強く押さえつけられて、呻き声を上げる。

「離せ！　父上、こいつらを下がらせてください」

自分を拘束する騎士に怒りを募らせたレオンスは、この場の仕切りをゼフィールに任せ、何も言おうとしない父に訴えた。

けれど、国王はちらりとレオンスを見ると、呆れたように言った。

「お前には失望した」

「……父上？」

レオンスは、今の言葉が信じられない様子で、動きを止めた。

「王族として軽率な行動ばかり。いや、お前を甘やかしすぎた私も悪かったのかもしれぬ」

そう言うと、ゆっくりと立ち上がる。

「ゼフィール、あとは任せる」

「承知しました」

ゼフィールはそう言って父を見送り、レオンスに声を掛けた。

「レオンス、これ以上自分の立場を悪くするようなことは、言わない方が良い。しかも彼女は、オフレ公爵代理よりも重い罪を犯している」

「え」

レオンスは呆然とした顔でマリーゼを見つめた。

「わたしは、そんなことはしていません。レオンス様、どうか信じてください！」

マリーゼは涙ながらに訴えている。

その様子はあまりにも悲しげで、同性のリゼットから見ても儚く、可憐だった。

今までのレオンスならば、そんなマリーゼを見たら何が何でも守ろうとしただろう。エクトルだけではなく、ゼフィールにも反論したかもしれない。

けれど父に失望したと言われたことで、相当動揺している様子だった。

「マリーゼの罪とは……」

「レオンス様、ひどいです……」

無条件に自分を信じてくれなかったと、マリーゼはぽろぽろと涙を零す。

つまり今までのレオンスは、詳細を聞くこともせず、ただマリーゼに言われただけで、それを信じていたということだ。

けれど、さすがに今まで自分に甘かった父に失望されたことで、ようやく盲目にマリーゼを信じる気持ちがなくなったのだろう。

レオンスは、ただ異母兄だけを見つめている。

「例の者を」

エクトルが騎士にそう指示すると、彼はひとりの男を連れてきた。

項垂(うなだ)れた様子のその男を一目見たマリーゼが、青ざめた顔をして、その名を呼ぶ。

「え、クリス？」

クリスと呼ばれたのは、マリーゼのお気に入りの従者だった。

「マリーゼ様、申し訳ございません……」

呻くようにそう言った従者の言葉に、マリーゼは激しく動揺していた。

「先日、町に出たリゼットを殺そうとした男たちがいた。その男たちを指示していたのが、この者だ」

「リゼットを？」

今までマリーゼを、か弱く健気な令嬢だと信じていたレオンスは、驚いた様子で、マリーゼを見た。

「まさか、そんなことを？」

「レオンス様、わたしは無実です。信じてください！」

「マリーゼ……」

その悲痛な叫びに、レオンスの心が揺らいでいた。

今まで、マリーゼは被害者だと思い込んでいたのだ。今回も、これほど必死に訴えるのであれば、陥れられているのではないのかと考えてしまうのだろう。

けれどゼフィールは、このクリスがマリーゼの関与を証言したと告げた。

「実行犯の男たちが謝礼としてもらった宝石も、オフレ公爵家から持ち出したものだと証明されている」

「そんな、どうして……」

自分の企みが露見したことよりも、従者が証言したことが信じられないようで、マリーゼは震える声で彼の名前を呼ぶ。

「あなたがわたしを裏切るなんて……。ひどいわ。どうしてそんなことを」

逆上して声を荒らげるマリーゼを、レオンスは信じられないというような顔をして見つめていた。

けれどマリーゼは興奮しているため、そんな彼の視線にも気付いていない。

「たしかにあなたを愛していると、何でもすると言いました。けれど、あなたは私を利用しただけだと気付いたのです」

「今さらそんなことを言うの？　裏切るなんて、許さないから！」

そう怒鳴り散らすマリーゼの姿に、さすがのレオンスもこれが本性だと気付いたようだ。

「マリーゼ、お前は……」

「ち、違うんです、レオンス様。わたしは……」

レオンスに縋ろうとしたマリーゼを、レオンスは以前リゼットにしたように、突き飛ばした。

「近寄るな！」

「きゃあっ」

床に転がったマリーゼを、騎士たちが拘束した。

「ではこのふたりは、ユーア帝国に引き渡してもらう」

エクトルがそう言うと、マリーゼとクリスは驚いたように彼を見た。

「え？　どうして……」

リゼットも、異母妹がユーア帝国に引き渡されるとは知らなかった。

驚いてエクトルを見上げると、彼はとても厳しい顔でマリーゼを見ていた。

「この国で犯した罪もあるが、キニーダ国王と交渉して、こちらに引き渡してもらうことになった。ユーア帝国では、皇族に危害を加えた者は、帝都の地下にある牢獄（ろうごく）で終身刑と決まっている」

「こ、皇族って……」

身に覚えのないことだと、マリーゼは味方を探して周囲を見渡す。

けれど先に刑が決まった両親も、もうマリーゼを見限ったレオンスも、誰も助けてくれない。

マリーゼは最後に、助けを求めるようにエクトルを見た。

「わ、わたしはユーア帝国の皇族の方に、危害なんて」

そんなマリーゼの目の前で、エクトルは自分の右腕に触れる。

リゼットを庇って傷を負った場所だ。

「俺は、エクトル・ソルダ・ユーア。ユーア帝国の皇太子だ」

「えっ……」

驚いたのは、マリーゼだけではなかった。

ゼフィールを除いた全員が驚き、視線がエクトルに集まる。

リゼットも、信じられない思いで目の前にいるエクトルを見つめた。

「ユーア帝国の……。皇太子殿下？」

「黙っていて、すまなかった」

エクトルはリゼットにだけ謝罪すると、ゼフィールに視線を向ける。

「では、そのように」

「承知した」

リゼットを襲った際にエクトルを負傷させてしまったマリーゼとクリスは、主犯としてユーア帝国に引き渡される。

地下牢で終身刑と聞いて、マリーゼは暴れて泣き喚いたが、たちまち屈強な騎士たちに取り押さえられた。

「知らなかったのよ、皇太子殿下だったなんて。お異母姉様のせいだわ。何もかも、全部！」

マリーゼが憎しみのこもった瞳で、リゼットを睨む。

「お異母姉様なんて……」

ふと、リゼットの視界からマリーゼの姿と声が消えた。

エクトルがリゼットの前に立って視界を遮り、マリーゼの呪詛が聞こえないように耳を塞いでくれたのだ。

だからリゼットの目に焼き付いたのは、自分を見下ろして優しく微笑む、エクトルの姿だけだった。

マリーゼとクリスが連れて行かれたあと、叔父とマリーゼの母も連れて行かれた。

ひとり残されたレオンスは、落ち着かない様子で周囲を見渡している。

「あ、兄上。私はただ、騙されていただけで」

「それが、王族にとっては致命的だった。しかも王子であるお前が、婚約の契約書を盗み出す行為に加担した。オフレ公爵令嬢リゼットとの婚約は、正式に解消。レオンスは、引き続き別宅にて謹慎しろと、先に退出した父からの命令だ」

「嘘だ！　父上がそんなことを言うはずがない！」

レオンスは喚いたが、エクトルは目を細めて、随分と甘い処分だな、と呟いた。

ゼフィールも同意する。

「そうだな。私も謹慎ではなく、もっと重い処分にするべきだと進言したのだが」

呆れたように言うゼフィールだったが、レオンスは嘘だ、と何度も繰り返す。

「嘘だ、父上がそんなことを言うはずがない。きっと兄上が、私を妬んで……」

「妬む？　なぜレオンスを？」

ゼフィールは、不思議そうにレオンスを見つめている。それは、本当にレオンスの言っている意味がわからないという様子だった。

「なぜって、父上が私を可愛がっているから……」

「父が何を『愛玩』しようと、私にはあまり関係がないよ」

異母弟ではなく、まるで父親が可愛がっているペットを相手にしているような異母兄の言葉に、レオンスは言葉を失う。

そんなレオンスを、ゼフィールの指示で、騎士たちが連れ出した。

「これでリゼットも、あの家族と婚約者から解放されたな」

エクトルはそう言ってくれたが、リゼットはまだ信じられない思いだった。

「本当に？」

レオンスとの婚約は解消され、叔父と義母、そして、本当は従妹だったマリーゼが。

本当に全員が、リゼットの前からいなくなったのか。

まだ信じられなくて、リゼットは立ち尽くす。

そんなリゼットの手を、エクトルがそっと握ってくれた。

今までは、背や髪にそっと触れるだけだったのに、こうして手を握ってくれたのは、リゼットの婚約がようやく解消されたからか。

でも、こんなふうに誰かに手を握ってもらったことなんて、父が亡くなってから初めてかもしれない。

そのままエクトルはリゼットの手を握り、謁見の間から連れ出した。

ゼフィールは何も言わず、ふたりを見送ってくれる。

どこに行くのかわからない。

でも、彼についていくことに、少しの不安も感じなかった。

やがてエクトルは、ある客間にリゼットを連れて行った。

広い部屋にはメイドが何人もいて、ふたりを丁重に迎え入れてくれる。外見からして、ユーア帝国出身のメイドのようだ。

よく見ればこの部屋を守っているのも、ユーア帝国の騎士だ。

ここは、エクトルが滞在している部屋なのだろう。

（そういえば……）

衝撃的なことが続いたのでつい忘れてしまっていたが、エクトルは、ユーア帝国の皇太子だと言った。

高貴な身分だと思っていたが、まさか皇太子だとは思わなかった。

そんな大国の皇太子と、こんなふうに手を繋いでいて良いのだろうか。

「あの……」

そっと手を引くと、エクトルはリゼットを見て、首を傾げる。

「どうした？」

「エクトル様は、ユーア帝国の皇太子殿下だったのですね」

そう尋ねると、彼はリゼットを部屋のソファに導き、繋いだ手を離してから、座るように促した。

「少し話そうか」

「はい」

おとなしく従い、エクトルの隣に座る。

「黙っていてすまなかった。俺がユーア帝国出身だということは、知っていたと思うが」

「……はい。ゼフィール王太子殿下にお聞きしました」

リゼットは同意して頷く。

それに、煌めく銀色の髪を持つのはユーア帝国出身の者しかいない。

白い肌も深い青色の瞳も、かの国を思わせるものだ。

「ここに来たのは、たしかに静養の意味もあるが、あの国が嫌になったからだ。以前、話したと思うが、異母兄と義母に裏切られ、ユーア帝国の人間は誰ひとり信じられなくなった」

そう言って、過去を思い出すように目を伏せる。

皇太子だと名乗らなかったのは、まだ自分自身がそれを受け入れることができないからだと説明してくれた。

「本当は、異母兄が皇太子になるはずだった。俺は皇弟として、そんな異母兄を支えていくのだと信じていた」

けれど異母兄は、エクトルに毒を盛った罪で投獄された。

ふと、マリーゼに課せられた刑のことを思い出す。

たしか皇族を傷つけた者は、地下牢で終身刑だと言っていた。もしかしてエクトルの異母兄と義母も、その地下牢にいるのだろうか。

「身体の不調もあったが、それだけではなくて、生きていること自体が苦痛だった。人と関わるのが煩わしかった。そんなときに、リゼットと出会った。あのときは、助けてくれたのに、ひどいことを言ってしまったな」

「いえ、そんな」

リゼットは首を振る。

生まれ育った国の人たちさえ信じられなくなったのならば、人と接するのは苦痛でしかなかったはずだ。

いくらゼフィールからの命令でも、見知らぬ者が常に傍にいるなんて、疎ましく思われても仕方がなかった。

そう心配するリゼットに、エクトルは首を振る。

「リゼットのことは、不思議と気にならなかった。それに、いつも先に部屋に入ってカーテンを閉めたり、休憩を提案してくれたりした」

「……父のことを、見ていましたから」

エクトルの症状は、父とまったく一緒だった。

だから、父にしてあげたかったことを、やっただけだ。

そう告げたのに、エクトルはますます嬉しそうな顔をする。

「何の見返りも求めずに、ただ自分の父と同じ症状だったというだけで、あれほど献身的に面倒を見てもらえるとは思わなかった。リゼットなら傍にいても気にならなくなった。むしろ、いないと寂しく感じるようになっていた」

いつの間にか、また手を握られていた。

「昼に色々と作っていたのも、俺のためだったのだろう?」

「はい。何でもいいから食べることができれば、と。父はもう食事をまったく受け付けなくなっていました。だから、薬も効かなくて。どんどん弱ってしまって……」

父の最期を思い出してしまい、声が震える。

エクトルには、絶対にそんな目に遭ってほしくない。

「リゼットが作ったものでなければ、口にする勇気が持てなかった。最初は、慣れない料理をしているから、手が荒れているのかと思っていた。だが、様子を見ているうちにそれだけではないと気が付いた」

ずっと理由を聞こうと思っていたと、エクトルは言った。

それがわかるくらい、見ていてくれたのだ。

エクトルはリゼットに救われたと言ってくれるが、リゼットだって、エクトルに救われた。

「私を見てくれる人なんて、もういないと思っていました」

孤独に生きてきた日々だった。

リゼットもまた、人が恋しかったのかもしれない。

「リゼット。君は素晴らしい女性だ」

そんなリゼットに、エクトルは子どもに言い聞かせるかのように、ゆっくりと告げる。

「居場所を奪われ、虐げられ、理不尽な目に遭ってきたというのに、他の誰かを慈しむ心を忘れていない。悲劇に浸るのではなく、自分で道を切り開き、誰にも後ろめたくない方法で歩んできた。そんな君の人生を知ったとき、俺は、逃げてきた自分が恥ずかしくなった」

「そんなことは……」

自嘲気味にそう言うエクトルに、リゼットは思わず声を上げてしまう。

エクトルこそ、いつもリゼットに優しかった。

知らない振りをすることだってできたのに、何度もリゼットを救ってくれた。

それがどんなに救いになったことか。

「たしかに、信じた人に裏切られた。信じていたことが、すべて嘘だと知って絶望した。だがリゼットとは違って、俺には味方になってくれた人もいた。ゼフィールも、俺のことを案じてくれている。リゼットと比べると、遥かに恵まれていた。それなのに、生きることを諦めていた。もう人を信じることなどできないと思っていた」

エクトルは、握っていたリゼットの手を、自分の頬に押し当てる。

「リゼット。君は俺などよりも、よほど強い。君ほど素晴らしい女性を、俺は知らない」

紡がれる言葉が。

惜しみない賛辞が。

リゼットの心を満たしていく。

「私だって、諦めていました。オフレ公爵家も、レオンス様も、マリーゼのものになるなら仕方がない。公爵家を出て、修道院にでも入って、静かに暮らそうと思っていました。でも……」

諦めなくて、よかった。

心から、そう思う。

メイド服を着て、他のメイドに交じって働いた。

馬車さえ出してもらえなくて、僅かな荷物だけを持って、歩いて学園に来た。

お金が足りなくなるのが怖くて、町で下働きもした。

リゼットだって、生まれながらの貴族だ。

苦痛も屈辱も、まったく感じなかったといえば嘘になる。

でもそれを乗り越えたからこそ、このしあわせに辿り着けたのかもしれない。

「エクトル様に出会うまで、諦めなくてよかった。頑張ってよかった。今の私にとって、エクトル様は希望です」

エクトルを見上げてそう言うと、肩に腕が回された。

そのまま、腕の中に閉じ込められる。

エクトルの腕は思っていたよりも大きくて、とても温かかった。


レオンスとの婚約が正式に解消され、叔父も後見人から外された。

オフレ公爵家は王家預かりになっていたので、引き続き、王家で管理してくれるようだ。

叔父やマリーゼ、そしてレオンスの罪状は正式に公表され、リゼットはオフレ公爵の唯一の後継者となった。

「卒業まで、君の後見人には私がなろう」

そう言ってくれたのは、王太子のゼフィールだった。

あまりにも恐れ多いとリゼットは慌てたが、オフレ公爵領が王家預かりになっているので、ゼフィールが後見人になった方が、都合が良いのだと言う。

親戚の中には、後見人に名乗りを上げるだけではなく、このまま婚約者に収まろうとする者もいたから、エクトルの助言もあって、ゼフィールの申し出を受けることにした。

夏の長期休暇には、二年半ぶりに公爵家に帰ることができる。

それでも過去の記憶が蘇り、自分の生まれ育った屋敷なのに、少しだけ帰るのが怖い。

そう訴えると、エクトルが一緒に行ってくれることになった。

エクトルも、学園の夏季休暇には図書室が閉まってしまうので、どこで過ごせば良いのか迷っていたそうだ。

ちょうど良かったと言ってくれたので、リゼットも遠慮せずに来てもらうことにした。

叔父が雇っていた使用人は、その逮捕によってすべて解雇され、今は王城に勤めるメイドや使用人が家を管理してくれていた。

それだけではなく、昔の使用人が何人か戻ってきてくれて、屋敷を元通りにしようと頑張ってくれたらしい。

父が生きていた頃と同じような内装に戻っていて、リゼットは感動して屋敷の中を巡った。亡き母の部屋も、今までマリーゼが使っていた部屋も、すっかり元通りだ。

これだけ違うと、働いていたことも、虐げられていた記憶もあまり蘇らず、ただ父のことを懐かしく思い出すことができた。

数日は屋敷に引きこもって、エクトルのために料理などをして過ごしていたが、気分転換に行きたいところはないかとエクトルに聞かれて、しばし悩む。

叔父やマリーゼのことなど、最近は考えることが多くて疲れていた。それを見て、心配してくれたのだろう。

「王都から少し離れた場所に、昔、よく父と行った海の見える場所があって。その景色を見てみたいです」

小高い丘になっていて、とても眺めの良い場所だった。

そう言うと、エクトルはすぐに承知してくれた。

色々なことがあって疲れたリゼットを、優しく労わってくれるのがとても嬉しい。

少し遠いので、まだ早朝のうちに屋敷から出て、そのまま王都を出る。

ユーア帝国より温暖とはいえ、朝の冷たい空気はエクトルの身体に良くないかと思って心配したが、最近はとても調子が良いらしい。

そう言えば、眩暈も頭痛もないようだ。

「リゼットのお陰だ」

馬車の中で、エクトルはそう言ってリゼットの手を握った。

「俺のために、色々なものを作ってくれるから、体力がかなり回復している。だから薬も前よりも効きやすくなっているようだ」

ありがとう、と囁くように言われて、嬉しくて笑みが零れる。

「エクトル様のお役に立つことができて、本当に嬉しいです」

ゼフィールもエクトルの主治医も感謝すると言ってくれたが、エクトルの体調が良くなってきて、一番嬉しいのはきっと自分だと、リゼットは思う。

昔の思い出の場所から海を眺め、今まで生きてきた過程を、ゆっくりと思い出してみる。

これからは、自分の思うように生きていける。

それは、自分の人生は自分で責任を負わなくてはならず、失敗しても責任は全部自分にあるということだ。

でも、失敗した痛みや苦しみもすべて、自分の人生として受け入れる。

リゼットは懐かしい光景を見つめながら、ようやく自覚した自由を噛みしめていた。

こうして長期休暇が終わり、学園が再開して間もなく。

ユーア帝国から、ゼフィールの婚約者となったアリアという女性が、この国を訪問するという。

彼女が王城を訪れる際に、その迎えの列に加わったリゼットは、彼女が馬車から降りた途端、目を見開く。

（なんて綺麗な方……）

まっすぐな長い銀色の髪は美しく、宝石のような青い瞳は煌めいている。

すらりとした長身に、シンプルなドレスが、その美しさを際立たせていた。

彼女を歓迎して夜会なども開かれるようだが、学生には参加資格がない。

その後もゼフィールと婚約のための話し合いや、国内の視察などを行っていたようだが、話は上手くまとまったようだ。

彼女はいずれ、この国の王妃となるだろう。

そんなアリアがリゼットと会いたいと言っている。

ゼフィールからそう聞いて、リゼットは戸惑った。

出迎えに参列させてもらったが、彼女との接点はまったくない。

あるとすれば、エクトルのことだろう。

戸惑って、隣にいるエクトルを見上げる。

「リゼットが嫌なら、断ってもかまわないよ」

「いえ、嫌というわけではありません。ただ、少し戸惑ってしまって。どうして私などに……」

「アリアは、俺の従妹だ。俺のことで、会って礼がしたいらしい」

「そんな、お礼なんて」

自分がエクトルを救ったとは思っていない。

リゼットこそ、エクトルに救われた身だ。

けれど断るのも失礼だと、リゼットはその申し出を受けることにした。エクトルとゼフィールも同席すると言ってくれた。

マーガレットに服装を整えてもらい、やや緊張しながら、彼女の待つ部屋に向かう。

「エクトルお兄様！」

だが三人が部屋に入った途端、彼女は立ち上がると、そのままエクトルに抱きついた。勢いよく飛び込んだようで、エクトルが思わず後退する。

「アリア」

「よかった……。もう、会えないかと思っていました」

エクトルは呆れたような声だった。

だがアリアの方はそう言ったあと、青い瞳がたちまち潤み、涙が零れ落ちる。見ている側も泣きたくなるような、そんな切なさを感じる表情だった。

「……心配をかけた。俺はもう大丈夫だ」

あまりにもアリアが泣くからか、エクトルは静かにそう言った。

「体調はどうですか？」

「まだ元通りとはいかないが、かなり回復した。すべて、リゼットのお陰だ」

その言葉に、エクトルに縋っていたアリアの視線がリゼットに向けられる。

青い瞳で見つめられ、一瞬怯んだが、驚いたことに彼女はその場に膝をつき、リゼットの手を両手で握った。

「ありがとうございます。エクトルお兄様を救ってくださって、本当にありがとう……」

流れ落ちる涙と震える声に、彼女のエクトルに対する想いを感じて、リゼットもつい涙を流す。

きっと彼女の気持ちと、亡き父を思っていたあの頃の自分は一緒だ。

大切な人を救うことができず、ただ弱っていくことを見守ることしかできない無力感。

リゼットだって、ずっと願っていた。

誰でもいいから、父を助けてほしい。

元の元気な父親に戻してほしい。

それが叶うのなら、何度でも頭を下げたに違いない。

それでも、この国の王太子妃になる女性を跪かせることなんてできないと、リゼットも彼女の手を握ったまま、膝をつく。

「私もエクトル様に救われました。心から、感謝しています」

互いに座り込んだまま手を握り、涙を流すリゼットとアリアに、エクトルとゼフィールが手を差し伸べてくれた。

立ち上がったふたりはようやく椅子に座り、マーガレットが淹れてくれた紅茶を飲んで、一息つく。

「ごめんなさい。エクトルお兄様の姿を見たら、感情が抑えきれなくなってしまいました。こんな有様では、ゼフィール様の婚約者にふさわしくないと思われてしまいますね」

気持ちが落ち着いたのか、アリアが憂い顔でそう言う。

たしかに彼女が急にエクトルに抱きついたのには驚いたが、それよりもリゼットの前に跪いた方が驚いた。最初に見たときは気位の高い令嬢に見えたのに、実際にはとても愛情深く、優しい人なのかもしれない。

きっと彼女は良い王妃になるだろう。

ゼフィールもそう思ったのか、彼女にそんなことはないと必死に言い募っている。

いつも完璧な王太子であるゼフィールが少し狼狽えているのが微笑ましくて、リゼットはつい笑ってしまった。

こうして王太子ゼフィールと、ユーア帝国の公爵令嬢であるアリアの婚約は無事に成立した。

正式な婚姻は、おそらく二年ほど先になるだろう。

彼が王になれば、この国はもっと良くなる。

町の人たちも、安全に暮らすことができるだろう。

ゼフィールとアリアには、婚約者として話し合わなくてはならないことが多いようで、リゼットとエクトルは先に部屋を出た。

（婚約……）

リゼットは、隣を歩くエクトルを見上げる。

ユーア帝国の皇太子である彼には、きっと婚約者がいることだろう。

それにリゼットも、学園を卒業するまでには、オフレ公爵を継いでくれる新しい婚約者を決めなくてはならない。

（でも……）

リゼットは、どうしようもなくエクトルに惹かれていた。

誰にも顧みられることのなかったリゼットを、見ていてくれた。

信じてくれた。

頑張ったと褒めてくれたからだ。

けれどエクトルが優しいのは、不幸な自分の境遇に同情してくれたからだろう。

だから、勘違いしてはいけない。

彼が自分のような者を、愛するはずがないのだから。

「リゼット？」

いつの間にか立ち止まってしまっていたようだ。

動かないリゼットを心配したのか、エクトルがそっと顔を覗き込んだ。

深い青色の瞳が、まっすぐにリゼットを見つめている。

あまりにも近い距離に、反射的に後退(あとずさ)っていた。

するとそれを追うように、手を握られる。

触れた温もりに動揺したが、自分から手を離すことはできない。

「どうした？　気分が悪いのか？」

「い、いいえ。ただ、少し驚いてしまって。あの手を……」

そう言うと、エクトルははっとしたように手を離した。

「すまない」

「い、いいえ」

謝罪とともに、解放された手。

それなのにリゼットが感じたのは、寂しさだった。

手を離したいのか。繋ぎたいのか。

自分がどうしたいのかわからずに、混乱していた。

「少し、歩こうか」

エクトルがそう提案してくれて、リゼットはエクトルに連れられて、王城にある中庭を訪れた。

もう夏も終わろうとしていたが、たくさんの花が咲いていて、とても美しい。

（良い香り……）

ゆったりと中庭を歩き、広いベンチを見つけて、そこに隣り合わせに座る。

「……リゼットは」

しばらく沈黙が続いたが、それを破るように、エクトルがそう声を掛けてきた。

「はい」

「すぐに新しい婚約者を探すつもりか?」

「いえ。学園を卒業するまでには探さなくてはと思うのですが……。少し、怖い気持ちもあります」

次の婚約者も、レオンスと同じような人間かもしれない。

むしろ一度婚約を解消したリゼットは、世間から見れば『傷物』だ。それを理由に、また虐げられるかもしれないと思うと、少し怖かった。

「そうか」

リゼットの恐怖を理解したのか、エクトルは短くそう答えると、リゼットの手を握った。

婚約を解消してから、よく手を繋いでくれる。

優しい温もりが心を落ちつかせてくれた。

「俺は、いずれユーア帝国に帰らなくてはならない」

リゼットの手を握ったまま、エクトルは静かにそう告げた。

「すべて投げ捨ててもかまわないと思っていた。だが、課せられた使命がある。いつまでも逃げるわけにはいかないと、覚悟を決めた」

力強い言葉に、もう生きる気力さえなくしていたエクトルではないと知る。

彼の瞳は、しっかりと未来を見据えている。

「エクトル様……」

けれど、彼がいなくなってしまう。

彼は皇太子だ。

ユーア帝国に帰ってしまえば、もう会えなくなるだろう。

こうやって手を握ってくれることも、優しく慰めてくれることもなくなる。

作った料理も、食べてもらえない。

そう思うと、胸が切なくて、苦しくなる。

（せめて、この気持ちだけは伝えたい。叶うはずのない恋だったけれど、エクトル様の存在が、私の心の支えだったから）

決意して顔を上げると、エクトルが真剣な顔をして、リゼットを覗き込んでいた。

「エクトル様？」

「勝手なことを言っていると、わかっている。だが俺は、君を愛している。離れることなど考えられない。どうか俺と婚約して、一緒にユーア帝国に来てくれないだろうか」

「え……」

信じられない言葉に、すぐに理解することができなくて、リゼットは呆けたようにエクトルを見上げる。

「エクトル様が、私を？」

「そうだ」

「嘘……」

「嘘などではない」

エクトルはリゼットの手を握ったまま、そう言った。

触れた体温も、いつもよりも高い気がする。

「あの、エクトル様。私は……」

情熱を感じる瞳で見つめられ、声が震える。

「リゼットと出会わなければ、俺は生きることさえ諦めていた」

それが大袈裟な言葉ではないことは、出会ったばかりの頃の彼の様子を思い出すと、よくわかる。

あの頃のエクトルは、まさに死が間近に迫った父のように見えた。

「私は、お役に立てたのですか?」

思わずそう口にする。

エクトルの変化は感じていた。

笑ってくれるようになった。

勉強を教えてくれた。

リゼットの作ったお菓子やサンドイッチを食べてくれた。

そして、優しい顔をするようになっていた。

それらは、自分が少しでもきっかけになれたのだろうか。

「もちろんだ。君と出会って、俺は明日も生きていたいと願うようになった」

今まで見た中で一番優しい顔で、エクトルはそう言ってくれた。

「私も、エクトル様のことが好きです」

言葉を選ぶ前に気持ちが溢れ出て、そう口にしていた。

でもこれが、リゼットの心からの言葉だ。

「オフレ公爵家のことは、きちんと考えなければなりません。だからすぐに、一緒に行くとは言えません」

父が、祖父が大切に守ってきた領地であり、領民だ。

叔父によって信頼関係は崩れ、オフレ公爵家の名は地に落ちてしまったが、それらは叔父に好き勝手をさせてしまった、リゼットのせいでもある。

だから、このまま守るべき領地を放り出して、エクトルと一緒に行くと即答することはできなかった。

「でも、この気持ちだけは本当です。ですから」

エクトルが好きだった。

叶うはずがないと思っていたけれど、彼に焦がれていた。

それだけは伝えたくて、リゼットは必死に訴える。

「ああ、わかっている。返事は待つよ」

エクトルはそう言ってくれた。

リゼットは彼に縋りながら、今までのことを静かに思い出していた。

父が語ってくれた思い出の中の母。

父とふたりだけで過ごした日々。

父の死と、祖父の死。

叔父と義母、マリーゼにすべてを奪われ続けたつらい生活。

思い出すとまだ胸が苦しくなるけれど、最後にはエクトルと出会い、彼を愛して、愛されることができた。

今までの苦難の日々すら忘れるほどの幸福を、リゼットにもたらしてくれた。

人生は、良いことばかりではない。

これからはもうつらいことはないなんて、無邪気に信じることはできなかった。

それでもエクトルが傍にいてくれる限り、人生に絶望することはないだろう。


それからは、将来について悩む日々が続いた。

(エクトル様のことが好き。一緒にユーア帝国に行きたい。でも、オフレ公爵家をどうしたら良いのかしら……)

守らなくてはならない。

リゼットには、その義務がある。

けれどこの国では、女性が領地を治めることはできず、実際にオフレ公爵家と領地を継ぐのは、リゼットの夫になる人物だ。

でも、どうしてもレオンスのことを思い出してしまい、婚約するのが怖い。

実際に彼との婚約が正式に解消されたと公表してから、いくつも婚約を申し込む手紙が届いているが、爵位目当ての者ばかりだった。

悩むリゼットに、アリアから会いたいという手紙が届いた。

エクトルの従妹で、いずれこの国の王妃となるアリアからの招待だ。断るわけにはいかないと、リゼットは返事を出し、身支度を整えて、彼女を待った。

「急に会いたいなどと言って、ごめんなさい」

アリアはそう言って、少し申し訳なさそうな顔をしていた。

あらためて見ると、本当に美しい女性(ひと)だ。

銀色の流れるような髪に、つい意識を奪われる。

ソファにゆったりと腰を下ろすしぐさも、優雅で美しい。

マーガレットに紅茶を淹れてもらい、ひと通りの挨拶が終わると、アリアはリゼットを尋ねてきた用件を口にする。

「今日、あなたに会いにきたのは、私からあなたに提案があったからです。もちろんこれは私の独断で、ゼフィール王太子殿下も、エクトルお兄様にも関わりはありません」

そう前置きすると、彼女はやや緊張したように深呼吸をした。

「……ユーア帝国では、女性でも自分で領地を運営しています。私にも、皇帝陛下から与えられた領地がありました。何年もじっくりと問題に取り組んで、利益が出たら領民に還元して、それなりに陛下にも認められていました」

ユーア帝国には女性医師もいたように、女性だからといってできないことや、やってはいけないことはないようだ。

きっとアリアも優秀で、素晴らしい領主だったのだろう。

けれど、彼女の表情はあまり晴れやかではなかった。

「でも私がこの国に嫁ぐことが決まったから、領地は国に返納しなければなりません。それは仕方のないことだと理解しているし、この国の王妃になれるのは、とても名誉なことです。ですが、せめて私の領地は良い人に引き継いでもらえたらと願っています」

他国に嫁入りするのだから、仕方のないことだ。

そんなふうに理解はしていても、大切にしてきた領地が人手に渡るのは、やはり少しやるせないのだろう。

「私の領地は、エクトルお兄様の妻……。つまり、ユーア帝国の皇妃に与えられることになっています。それがあなただったら良いのに、と思ってしまって」

「……えっ」

ずっと大切にしていた領地を手放さなくてはならない、彼女の心情を思いやっていたリゼットは、突然の言葉に驚いて、思わず声を上げてしまった。

動揺してしまい、危うく紅茶のカップを取り落としそうになった。

アリアは、エクトルがリゼットに婚約を申し込んでくれたことを、知っているのだろうか。

「この国では、女性では爵位を継ぐことができないそうですね。でも王妃や王太子妃には領地が与えられて、自分で運営しても良いのだと聞きました」

たしかに彼女の言うように、この国の貴族は男子が生まれなかった場合は婿を取り、爵位を継がせることになっている。

だからオフレ公爵家も、婿入りするレオンスが継ぐ予定だったのだ。

正当な血筋はリゼットでも、結婚したら爵位を継いだレオンスの補佐くらいしかできなかっただろう。

けれどこの国でも唯一、王妃だけは、自分の領地を持つことが許される。それは自分の采配で領地を運営して、王妃としての才覚を示すという理由があったようだ。

しかし現在では、王領に管理人を置いて領地を任せている。

王太子妃としてアリアが嫁いで、将来の王妃として王領のどれかを与えられることになっても、おそらく管理人がいる領地である。

「もし私が自分で領地を管理したいと言ってしまえば、今まで王領を守ってきた優秀な管理人たちを解雇することになってしまいます。私も、そこまで望んでいません」

長年、王家に仕えた忠義者ばかりだ。

王家が新しく王領を得るか、管理人が引退するのを待つしかない状況だった。

「でも、今は王家預かりになっている、とても大きな領地があると聞きました」

「それは……。オフレ公爵領ですね」

オフレ公爵代理だった叔父が捕らえられてしまったので、今は王家預かりになっている。

「はい、そうです」

アリアは頷いた。

「もし、エクトルお兄様からのプロポーズを躊躇っている理由が領地の心配なら、私に任せていただけませんか?」

アリアは、自分が治めてきたユーア帝国の領地をリゼットに、そしてオフレ公爵家の領地を王領として、いずれ王妃となるアリアが治めたいと、そう言ってくれているのだ。

「もちろん、あなたの気持ちが最優先だとわかっています。ですが、おふたりは惹かれ合っているように見えたので」

「はい、そうです」

ここは隠すべきではないと、リゼットは真面目に答えた。

「私はエクトル様が好きです。エクトル様も、一緒にユーア帝国に行こうと言ってくださいました。ですが、やはりオフレ公爵家のことが心配で、保留にしてもらっていました」

「そうでしたか」

ふたりが相愛だと知って、アリアは嬉しそうだった。

たしかに父が遺した領地のことは心配だったが、リゼット自身は継ぐことはできない。

だからアリアが王領として治めてくれるのならば、領民にとっても良いのではないかということだ。

今回の叔父の事件のせいで、オフレ公爵家の名は失墜している。

ここから信頼と利益を取り戻すのは、相当大変だろうと覚悟を決めていた。

でも正式に王領となれば、オフレ公爵家とは関係がなくなる。

ゼフィールが言っていたが、叔父は相当ひどい領地運営をしていたらしく、領民の中にはオフレ公爵家を恨んでいる者もいるらしい。

父も身体を壊してしまってからは、領地の見回りをしたり、領民たちの意見を聞くことができなくなっていた。

それを考えると、オフレ公爵領を王領にして、新しいスタートを切った方が良いのではないかと思う。

ユーア帝国から嫁いできた優秀な王太子妃が治める領地になれば、領民にとっては一番良いのではないだろうか。

彼女はすでに、領地の運営に関して熟知している。

とても良い提案な気がしたが、リゼットにはまだ、領地の運営に関しての知識がない。

しかも、ユーア帝国についても勉強し始めたばかりだ。

「私では、せっかくアリア様が大切にしていた領地を、きちんと治めることができないのではと心配です」

「それなら、心配いりません」

アリアは優しくそう言ってくれた。

「すべては組織化されていて、優秀な配下もたくさんいますから。彼らに学びながら少しずつ覚えていけば、ユーア帝国についてもより深く知ることができます。エクトルお兄様と婚約すれば、いずれ皇妃にならなくてはならないけれど、皇太子妃であるうちに、領地で学べることも多いはずですよ」

アリアは提案と言いながら、リゼットの問題に、適切な解決案を提示してくれた。

自分の領地も心配だっただろうが、何よりも他国出身のリゼットが、領地を通してユーア帝国について深く知ることができるように考慮してくれたのだ。

さらに、オフレ公爵の領地のことを心配しているリゼットに、自領地を治めてきた経験がある自分が引き受けるから大丈夫だと言ってくれた。

「……ありがとうございます」

リゼットは、そんなアリアの優しさと気遣いに深く感謝して、頭を下げた。

アリアとの対面によって、リゼットの決意も固まってきた。

メイドとして傍にいてくれるマーガレットも、よく相談に乗ってくれた。

やはりエクトルと離れることなど、耐えられそうにない。

まだ彼の隣に立つには、色々と不足しているのかもしれない。

でも常に努力を怠るつもりはないし、エクトルの身体も気遣って、一緒に生きていけたらと思う。

リゼットは自分の気持ちを伝えようと、学園の図書室で彼に告げた。

「エクトル様。私はまだまだ未熟で、役に立てないかもしれないけれど、これから先、ずっとエクトル様と一緒に生きることができたらと、思います」

そう答えると、エクトルはリゼットを抱きしめてくれた。

「すまない。君には、つらい決断を強いてしまった」

「私なら大丈夫です。得たものもたくさんありますから。これから少しずつ、ユーア帝国について勉強していけたらと思います」

仮にも、皇太子の婚約である。

正式な婚約は、ユーア帝国に移住し、正式な契約書を交わしてからだ。

ユーア帝国の皇帝の許可が必要なのではないかと不安に思ったが、驚いたことにエクトルはすでに許可を得ていた。

リゼットに告白し、承知してもらったあとでは、万が一皇帝が反対したときに、リゼットにつらい思いをさせてしまう。

そのことを考えて、先に皇帝の許可を得てくれていたのだ。

「ほとんど死んでいたような俺が、気力と体力を取り戻し、さらに婚約者も見つけたと聞いて、父も喜んでいた。きっと歓迎してくれるだろう」

「……本当ですか？」

「ああ、間違いない」

力強く頷くエクトルは、それを確信している様子だった。

ならばリゼットも、エクトルを信じるだけだ。

彼と婚約できるのなら、これほど嬉しいことはない。

けれど、彼には今まで婚約者はいなかったのかと、ふと不安になる。

「今まで婚約していた方は、いらっしゃらなかったのですか？」

エクトルなら、どんな身分だったとしても婚約者候補が山ほどいそうだ。今までいなかったなんて信じられない。

しかも、ユーア帝国ほどの大国の、皇太子だ。

「いなかった。今まで一度も婚約したことはない」

だがエクトルは首を横に振る。

「そろそろ決めなければと思っていた矢先であの事件が起こって、この国に逃げてきた。それから二年、一度も国に帰ったことはなかったからね。まさかこの国で大切な人と出会うとは思わなかったな」

エクトルはそう言って、リゼットを見て目を細める。

その視線には愛情が込められていて、リゼットは頬を押さえて俯いた。

まだ自覚がない。

この恋は、本当に叶ったのだろうか。

「はい。あの。……私でよかったら、よろしくお願いします」

今さらながら頭を下げてそう言うと、エクトルはしあわせそうに笑った。

その笑顔を見て、リゼットの胸が甘く締め付けられる。

ずっと感じることのなかった幸福感が胸を満たした。

# 第六章

「勉強を、もっと頑張らないと……」

大切な人と想いが通じた。

そんな甘い時間に浸っていたリゼットは、我に返ってそう言った。

「勉強？」

「はい。アリア様が提案してくださったことがあって」

領地の交換の話をすると、エクトルも知らなかったらしく、少し驚いた様子だった。

「そうか。アリアの領地か」

エクトルは納得したように頷いた。

「もし俺が皇太子の地位を放棄すれば、次の帝位継承者はアリアだった。それくらい、能力の高い女性だ。きっとリゼットに知識と利益を与えてくれるだろう」

女性でも皇帝になれる国なのだと、あらためてこの国との認識の差を思い知る。

そしてユーア帝国の皇帝として認められるくらい優秀な女性が、この国の王妃になってくれるのだ。

きっと忙しいゼフィールを完璧に補佐し、素晴らしい王妃になるだろう。

ユーア帝国の貴族令嬢は、このキニーダ王国の令嬢よりも多くのことを学び、領地経営や政務にも積極的に関わっている。

だからリゼットも、エクトルの背後で守られるのではなく、その隣に並べるようになるには、もっと学ばなくてはならない。

「私も、それができるだけの力を身につけなくてはなりません」

「……そうか」

リゼットの決意に、エクトルは静かに頷いてくれた。

心が通じ合ったばかりなのだから、本当は甘い時間を過ごしたい。

エクトルがこの国にいる間だけの、期間限定の恋人ならば、それでもよかったのかもしれない。

けれどエクトルは、一緒にユーア帝国に行こうと言ってくれた。

婚約を申し込んでくれた。

それならば、一時の甘い時間を過ごすことよりも大切なことがある。

これから先もずっと、エクトルと一緒に生きるために、やらなくてはならないことは山積みだ。

ただでさえ他の貴族令嬢よりも遅れているのだから、もっと頑張らなくてはならない。

そんなリゼットの決意を聞いたエクトルは、リゼットの手を握りしめた。

「すまない。君をしあわせにしたいのに、やはり苦労をさせてしまう」

「苦労だなんて、思っていません」

リゼットは笑った。

「だって理不尽に与えられたものではなく、私が望んだことです。エクトル様と未来を生きるために、必要なことですから」

むしろ勉強ができることを、しあわせに思う。

「俺も、できることなら何でもする。リゼットは、俺に何か望むことはあるか？」

「あります」

エクトルの言葉に、リゼットは即答した。

ずっと彼に伝えたかったことでもある。

「私の望みは、エクトル様とずっと一緒に生きることです。どうかお身体を大切にしてください。エクトル様がお父様のようになってしまったら、私はもう二度と立ち直れません」

最近はすっかり体調も良くなって、眩暈もほとんどしないようだ。

毒は長い間エクトルの身体を蝕んでいて、完全に元通りにはならないらしい。

彼の主治医に聞いたときは泣きそうになってしまったが、それでもかなり回復傾向にあると教えてくれた。

だから、エクトルには自分の身体を最優先にしてほしいと訴える。

「……そうだな」

エクトルは自分の胸に置いた手を、強く握りしめた。

「リゼットを置いて死ぬわけにはいかない」

「はい。どうか無理はなさらないでください」

「ああ、わかっている」

エクトルはそう言ってくれた。

彼は必ず、その約束を守ってくれるだろう。


昼休みになると、ふたりで休憩室に移動して昼食をとる。

今日はお菓子ではなく、リゼットが作ったサンドイッチだ。

マーガレットが用意してくれた紅茶も最上級のもので、エクトルにも安心して出すことができる。

オフレ公爵領は王家預かりになったが、父の遺産はそのままリゼットのものになると、ゼフィールが話してくれた。

だから、最近は料理をするにも予算をあまり気にせず、エクトルの身体のためになるものを作っている。

急には無理だが、少しずつ食べる量も増やしていけたらと思っている。

デザートに出したクッキーを見て、エクトルは笑みを浮かべた。

「ああ、これか」

うさぎの形のクッキーだ。

このクッキーのお陰で、距離が近付いたのかもしれない。

午後からは、また図書室で勉強に励んだ。

試験に合格するのはもちろん、ユーア帝国のことも学ばなくてはならない。覚えなくてはならないことは、たくさんある。

そのことが苦痛ではなく、むしろ楽しささえ感じるのは、この先に見える未来のための努力だからだろう。

ときどき視線を感じて顔を上げると、エクトルがリゼットを見つめている。

慈しむような優しい視線は、今までの一連のできごとが、けっして夢ではなかったと教えてくれるようだ。

(私は、本当にエクトル様と?)

それでもまだ夢のようで、信じられなくて、リゼットは確かめるように、何度もエクトルを見つめてしまう。

でも何度見つめても、優しい眼差し(まなざし)が消えてしまうようなことはなかった。

そのままふたりは王家からの迎えの馬車に乗り込み、ゼフィールに会いに行く。

婚約を報告するためだ。

この国の王太子である彼は、ある程度の事情は知っている。それでもきちんと報告がしたいと言うエクトルに、リゼットも同意した。

ゆっくりと走る馬車の中で、エクトルは片手で額を押さえて目を閉じている。

動けるようになったエクトルは、帰国が近いこともあり、忙しく動き回っているようだ。

でも、まだ回復し始めたばかりである。

無理はしないと約束してくれたので、これからは大丈夫だと思うが、こんな姿を見ると少し心配になってしまう。

「エクトル様、眩暈はしますか？」

声を掛けると、エクトルは目を開いた。

「大丈夫だ。ただ、少し手を握ってくれないか」

「はい、もちろんです」

リゼットはすぐに彼の手を取って、両手で握りしめた。その温もりに安心したように、エクトルは表情を和らげる。

ゼフィールは相変わらず忙しそうだったが、手を繋いで現れたリゼットとエクトルに誰よりも早く気が付き、目を見開いた。

そんなゼフィールに、エクトルは告げた。

「リゼットに婚約を申し込んだことは話したと思うが、今日、正式に承諾してもらった」

「……本当か？」

「ああ。リゼットが一緒に居てくれるのならば、俺はあの国に帰ることができる」

そう言ったエクトルの穏やかな表情に、ゼフィールは感慨深そうに、そして嬉しそうに、笑みを浮かべた。

「そうか。……よかった。本当に、よかった」

ゼフィールは、言葉を嚙みしめるように言うと、リゼットに頭を下げる。

「リゼット、エクトルを救ってくれて感謝する」

「い、いえ！」

王太子に頭を下げさせるわけにはいかないと、リゼットは慌てて首を横に振った。

「救われたのは、私も一緒です。エクトル様が私を信じてくださったから、これからの未来にも希望を持つことができます」

互いに相手に救われたと言いながら、顔を見合わせて微笑むふたりを、ゼフィールも祝福してくれた。

ゼフィールとエクトルの関係は、リゼットがふたりと出会ったばかりの頃よりも、ずっと親密そうに見える。

「リゼットのお陰だ」

そんな心のうちが伝わったかのように、エクトルは言った。

「今までの俺は、失ったものばかり見ていたように思う。だが、ひとりで生きてきたリゼットに比べると、俺はまだ恵まれていたことに気付かされた。今の俺を支えてくれる人たちを、大切にしたい」

出会ったばかりの頃の、いつも険しい顔をして、人嫌いと言われていたエクトルとは別人のようだ。

「リゼットには、私も感謝している。ふたりの未来のために、私も全力を尽くそう」

ゼフィールも、そう言ってくれた。

そして、これからの人生を一緒に歩んでくれる人がいる。

「ありがとうございます。私も、おふたりに出会えて本当によかったです」

リゼットは心からそう思った。

話が終わり、学生寮に戻ろうとしたリゼットだったが、ゼフィールに、この王城に住むことを提案された。

学園にも、毎朝馬車で送迎してくれるという。

「私が、ですか？　そんな、恐れ多いです」

とんでもないことだと、リゼットは慌てて固辞する。

「いや。たとえマーガレットがいるとはいえ、エクトルの婚約者を、誰でも出入りできる学園寮に住まわせるわけにはいかない」

だがゼフィールは、真剣な顔でそう言った。

今のリゼットはオフレ公爵令嬢というだけではなく、ユーア帝国の皇太子の婚約者である。

まだ正式に契約書を交わしていないとはいえ、ほとんど決まったようなものだ。

だからこそ、リゼットの安全を確保しなければならないと、ゼフィールは言うのだ。

「窮屈かもしれないが、そうしてほしい。荷物はすべてマーガレットに運ばせよう」

「……わかりました」

自分の我儘で周囲の人たちに迷惑は掛けられないと、リゼットは頷いた。

彼の傍にいるためなら、窮屈さも、勉強漬けの日々も、受け入れようと思う。

こうしてリゼットは王城内に一室を与えられ、そこから学園に通うことになった。

この国の王城はかなり広く、中には城内で働く者たちが住んでいる場所もある。リゼットもそこがいいと申し出たのだが、当然のように却下された。

与えられたのは客室で、寮よりもさらに豪華な部屋だ。

落ち着かなくて、最初の日はまったく眠れなかった。

主の命令にすぐ駆け付けられるようにと客間内にはメイドの部屋もある。

そこで暮らすマーガレットが羨ましくなって、部屋を代わってほしいと思わず呟くと、マーガレットは同情したようにこう言った。

「この部屋に慣れておかれた方がよろしいと思われます。おそらく、ユーア帝国の帝城はもっと豪華かと」

「……ここよりも」

リゼットは恐ろしくなって身を震わせる。

屋敷では五年も倉庫のような場所に住んでいたのに、今や王城の客室である。それだけでも慣れずに大変だというのに、ユーア帝国の帝城はもっと豪華だという。

けれど、エクトルもこの王城に滞在しているので、顔を合わせる時間が増えたのは素直に嬉しかった。

学園にも一緒に通っているし、帰りも同じ馬車だ。

ゼフィールに頼んで、王城でも今まで通り料理をさせてもらっている。

昼食だけだと簡単なものしか作れなかったが、王城に住むようになってからは、たまにエクトルの夕食も作るようになった。

夕食だと、栄養たっぷりのスープとか、メインの料理も作れる。

あまり量は食べられないだろうから、少量ずつ。代わりに品数を増やして、エクトルのためだけに料理をした。

代わりにエクトルは、リゼットに勉強を教えてくれる。

学園の勉強だけではなく、ユーア帝国で令嬢たちが習っていることも、丁寧に教えてくれた。

（ユーア帝国の女性たちは、こんなに難しいことも学んでいるのね）

この国では貴族の跡取りと同じくらいの勉強量だったが、エクトルとの未来のためだと思えば、学ぶことすら楽しいと思えた。

懸命に日々を過ごしているうちに、もうすぐ冬の長期休暇になろうとしていた。

今年は町に出て働かなくても良い。

そう思うと、少しほっとする。

働くのは苦ではなかったが、やはり町の人たちと比べると手際が悪く、それでも同じ賃金をもらうことを申し訳なく思っていたのだ。

年が明けて春になれば、リゼットは学園の三年生になる。

だがリゼットは、この学園を卒業することはない。

春になれば、エクトルはユーア帝国に帰国する。そのときはリゼットも彼に同行して、向こうの学園に編入する予定だ。

向こうの学園はこちらよりも学ぶことが多いようで、アリアにユーア帝国の教科書をもらい、彼女に色々と教えてもらいながら、勉強をしている。

この国で過ごすのも、もう冬の間だけである。

そう思うと、つい勉強にも力が入る。

マーガレットが止めてくれたり、エクトルのために料理をする時間がなかったら、もっと思い詰めていたかもしれない。

「エクトルお兄様に無理をしないように言ってくださったのだから、リゼット様も無理をしないでくださいね」

アリアも、そう言ってくれた。

さらに勉強をするために学園に通うのだから、先にそんなに勉強をする必要はないと、窘(たしな)めてくれた。

父が亡くなってから家庭教師もつけてもらえなかったので、リゼットには勉強をしてこなかったという劣等感がある。

でもエクトルもアリアも、自分のペースで大丈夫だと言ってくれる。

周囲にはたくさんの人がいるのだから、全部自分で背負う必要はない。大変だと思ったら、周囲の手を借りてほしいと言ってくれる。

その優しさが、異国に嫁ぐリゼットの不安を綺麗に消し去ってくれた。

この日、リゼットはエクトルとともに学園に向かい、そのまま彼と別れて教室に向かった。

今日は、三年生に進級するための試験がある。

さすがに試験だけは、不正がないように教室で受けなくてはならない。

(この教室もひさしぶりだわ)

周囲を見渡しながら、そんなことを思う。

そして、ここで試験を受けるのも最後になるだろう。

一番後ろの席に座ったリゼットを、クラスメイトたちは気にしているようで、複数の視線を感じる。

それでも護衛騎士がずっと背後に控えているので、誰もリゼットに声を掛けることはできないようだ。

リゼットとレオンスとの婚約が正式に解消されたことは、もう学園中に知られている。

当初はそのことをひそひそと噂する者もいたが、リゼットがエクトルと婚約し、ユーア帝国に移住することを知ると、そんな声も聞こえなくなった。

(てっきり、私なんかふさわしくないって、言われるかもしれないと覚悟していたのに)

レオンスのときは、散々言われたものだ。

エクトルの際立った容姿に焦がれている令嬢は多いだろうに、噂は、ひとつも上がってこなかった。

不思議に思いながらも、静かならば良いと思い直す。

そんなとりとめのないことを考えていたのも、試験が開始される前までのことで、始まってしまえば試験に集中した。

（うん、大丈夫そう）

最近はずっと勉強ばかりしていたので、難なく解くことができた。

むしろこのあとに控えている、ユーア帝国の学園に入るための編入試験の方が心配だ。

ゼフィールの婚約者となったアリアに色々と聞いてみたが、やはり求められるレベルは、帝国の方がずっと高そうだ。

試験が終わり、明らかに噂が好きそうな令嬢たちに昼食に誘われたが、エクトルが待っているからと断り、彼の待つ図書室に向かう。

昼食に誘われたのも、初めてかもしれない。

でも、今さら嬉しいとは思えなかった。

きっとレオンスとの婚約を解消し、あらたにエクトルと婚約し直したこととの真相を、興味本位で聞かれるだけだ。

エクトルは、朝から図書室にいる。

この国にしかない本に興味があるらしく、学園の図書室に通って、興味のある本はすべて読んでいるようだ。

「エクトル様」

声を掛けると、本から顔を上げたエクトルは、リゼットの姿を見つけて笑みを浮かべた。

それから手を伸ばして、短くなってしまったリゼットの髪を、そっと撫でる。

マリーゼの手の者に襲われたとき、リゼットは髪の一部を切られてしまった。

どうせなら綺麗に伸ばしたいからと、髪は肩あたりで揃えたので、以前よりはかなり短くなっている。

エクトルはそれを気にしているのか、よくこうしてリゼットの髪を撫でてくれた。

「短い髪は、嫌いですか？」

髪を撫でるエクトルが少し悲しそうに見えて、リゼットはあえて明るくそう尋ねた。

「いや、とても可愛いと思う」

そう言って、エクトルも微笑んだ。

「ただ、守れなかったことが悔しいだけだ」

「エクトル様は、ちゃんと私を守ってくださいました」

何度言っても納得してくれないが、リゼットも何度だって言うつもりだった。

あれはリゼットを殺すために計画された襲撃で、慣れた町だったとはいえ、警戒もせずに少女についていった自分が一番悪い。

そのためにエクトルに負傷させ、完全に回復するまで、かなりの日にちを費やすことになってしまった。

あれからは、少しでも傍を離れるときは、エクトルにひとこと言うことにしている。

アリアが言うには、ユーア帝国では髪の短い女性もたくさんいるらしい。

この国では、女性ならば美しく長い髪が理想とされている。ユーア帝国とこの国との違いをまたひとつ、見つけ出した。

「それに、一年後の結婚式には伸びるだろう」

「……結婚式」

あのユーア帝国の皇太子妃になるのかと思うと、まだまだ勉強が必要だと思ってしまう。

「私で、本当によかったのでしょうか」

「もちろんだ」

そう言って、エクトルは優しく笑う。

「異母兄と義母に裏切られ、誰も信じられなくなっていた俺が婚約したことを、父はとても喜んでいる」

そう言って、しばらく沈黙したエクトルは、異母兄と義母のことを話してくれた。

「義母は父の側妃だったが、もともとは皇妃候補だったらしい。それが政治的な理由で、俺の母が皇妃になった」

どちらかを愛していたというわけではなく、エクトルの父にとっては、どちらも政略結婚だったらしい。

「父も母もそれを望んでいたわけではない。だが義母は、ずっと恨んでいたようだ。もし俺と母がいなかったら、義母は皇妃で、異母兄は皇太子になっていた」

恨んでいたのなら、いっそ憎いと言ってほしかったと、エクトルは悲しげに言う。

エクトルの母が亡くなってからは、むしろ本当の母のように、エクトルを大切にしてくれていたらしい。

その言葉に、リゼットはマリーゼの憎しみを思い出す。

たしかにマリーゼがリゼットを姉として慕ってくれて、仲の良い姉妹のように暮らしていたら、もっと裏切りがつらくなっていただろう。

エクトルの異母兄と義母は、彼をより深く傷つけるためにそうしたのだろうか。

マリーゼは、最後にリゼットに何を言おうとしたのだろう。

リゼットが覚えているのは、マリーゼをリゼットの視界から追い出し、声も聞かせないようにしてくれた、エクトルの微笑みだけだ。

マリーゼが最後に何を言ったのかは、どんなに頼んでも教えてもらえなかった。

でも、誰も教えてくれないほどの言葉だったに違いない。

もし聞いてしまっていたら、二度と忘れられなくなったかもしれない。

「あの、今おふたりは……」

「ふたりとも、亡くなった。もうどこにもいない」

それは、罪を裁かれた結果なのか。

それともすべてが露見したことを悟って、自ら幕引きをしたのかわからない。

けれど、憎しみだけを残して彼を置き去りにしたことだけはたしかだった。

罪が裁かれ、父の名誉も回復したリゼットとは違って、エクトルはこれから先もずっと、優しくて尊敬していた異母兄が、心の底では殺したいほど自分を憎んでいたことを思い出すのだろう。

リゼットは彼の背中に手を回して、思い切り抱きしめた。

エクトルがマリーゼの呪詛から守ってくれたように、リゼットも、今もまだ残るエクトルの異母兄の悪意から、エクトルを守りたい。

「私はユーア帝国に嫁ぎます。あなたの新しい家族になりたい。そして、ふたりでしあわせになりたい。皇太子妃になるにはまだ実力不足かもしれないけれど、エクトル様の傍にいられるように、精一杯頑張ります」

リゼットは、皇妃の器ではないのかもしれない。

でもこれからも努力をし続けること。

そしてエクトルを愛し続けることだけは、けっしてやめないと誓う。

「……リゼット。ありがとう。君がいてくれるのなら、何でもできそうだ。これからもずっと、一緒に生きていこう」

二度目のプロポーズに、リゼットは笑顔で頷いた。

試験はもちろん合格していた。

この学園で三年生になることはないが、こちらの進学試験に合格しなければ留学試験も受けられないので、ほっとした。

試験が終われば、すぐに冬季休暇だ。

留学する予定のリゼットは、もう学園に通う必要もなかったが、できるだけエクトルと一緒に図書室に通った。

ここは、初めてエクトルと出会った大切な場所だ。

(学園は、良い思い出ばかりではなかったけれど……)

レオンスやマリーゼから受けた仕打ちは、簡単に忘れられるものではなかった。

ユーア帝国に行ったら、もうここには来られないのだと思うと、やはり寂しく思う。

でも、感傷に浸っていられたのも、一度はユーア帝国に戻ったアリアが再びこの国を訪れるまでだった。表向きの理由は妃教育のためだったが、優秀な彼女にはあまり必要なく、オフレ公爵領だった領地のデータを分析したり、視察に行ったりしているようだ。

そして向こうの領地のことを、リゼットに教えてくれる。

その勉強に加えて留学の準備もあり、リゼットは感傷に浸る暇もないほど忙しくなった。

「リゼット。少し話をしたいのだが、時間はあるか?」

そんなときに、エクトルがリゼットの部屋を訪ねてきた。

「はい。もちろんです」

どんなに忙しくても、彼と過ごす時間だけは大切にしたい。

リゼットはすぐに机の上に広げていた資料を片付けて、エクトルを部屋に迎え入れた。

「邪魔をしてすまない。これを渡したくて」

そう言ってエクトルが差し出してくれたのは、見覚えのあるネックレスだった。

「……これは」

間違いなく、マリーゼに取り上げられた母の形見の品だった。

かなりの年代物で、父が母の形見だと大切にしていたことを、今でもはっきりと覚えている。

「マリーゼに、古臭くて気に入らなかったから売り払ったと言われたのに……」

こんなものを大事に取っておくなんて、と嘲笑われ、それなら返してほしいと必死に訴えた。

けれど、リゼットの絶望はマリーゼにとって娯楽のようなものだった。

もう二度と戻ってこないと思っていた。

それが今、リゼットの手の中にある。

「君の母の形見で、間違いないか？」

優しい声でそう問われて、何度も頷く。

「はい。間違いありません。ありがとうございます……」

リゼットが勉強に励んでいる間、エクトルは手を尽くして、叔父たちに売り払われたものをなるべく買い戻してくれたのだ。

母の形見が戻り、リゼットは涙を流しながらエクトルに抱きついて、何度も礼を言った。

ネックレスが戻ってきたことも嬉しいが、リゼットのために探してくれたエクトルの気持ちが、本当に嬉しかった。

町の人たちにも、今度は護衛を連れて会いに行った。

周りに被害はなかったのか心配していたが、襲撃事件に巻き込まれて怪我をした人はいなかったらしい。

あの少女も母親と一緒に保護施設に入れてもらえたようだ。

少女は暗殺者に母親の命を盾に脅されていたらしく、それほど罪には問われなかったようだ。

それを聞いて、ほっとする。

町の人たちも、リゼットたちがあれからどうなったのか、かなり心配してくれたようだ。

エクトルも無事に回復したこと。

そして、彼と結婚するためにユーア帝国に行くことを伝える。

結婚することを、町の人たちもとても喜んでくれて、少し寂しがりながらもしあわせを祈ってくれた。

「ありがとうございました。皆様のこと、忘れません」

リゼットが一番つらかったときに、母のように優しく労わってくれた人たちだった。

この人たちに出会えて、とても幸運だったと思う。

もう簡単には会えなくなってしまうけれど、彼女たちがしあわせであるように祈りたいと思う。

それからも移住のための手続きや、オフレ公爵家の領地を王家に返還する手続きなど、やることはたくさんあった。

アリアからも、できるだけ多くのことを学びたい。

あまりにも忙しく動いているせいで、エクトルが心配するくらいだった。

「リゼット、無理をしてはいけない」

「はい。でも、まだ大丈夫みたいです」

メイドとして働いた経験もあるリゼットは、思っていたよりも体力があるようで、そう簡単に疲れたりはしなかった。


冬季休暇は、そんなふうに忙しく過ぎていった。

春が来る頃には手続きもすべて完了し、これからオフレ公爵領は正式に王領となる。

ゼフィールと結婚し、正式に王太子妃となったアリアに与えられる予定だ。

彼女ならば、きっと領民たちをしあわせにしてくれるに違いない。

そうしてリゼットはエクトルとともに、ユーア帝国に向かった。

ゼフィールやアーチボルド。

そしてアリアが、見送りをしてくれる。

色々とリゼットを助けてくれた、大切な人たちだ。

彼らと別れるのも寂しくて、泣き出しそうになってしまったけれど、もう二度と会えないわけではない。

隣国として、これからはキニーダ王国の王太子夫妻とユーア帝国の皇太子夫妻として、末永く付き合っていくことになるだろう。

メイドとして仕えてくれたマーガレットは、驚いたことに一緒にユーア帝国に行ってくれることになった。

エクトルがいてくれるとはいえ、異国の地でひとりきりは心細いだろうと、自ら志願してくれたのだ。

彼女には家族もいないらしく、これからもリゼットに仕えたいと言ってくれた。

「ありがとう。とても心強いわ」

素直にお礼を言うと、マーガレットはとても嬉しそうに笑ってくれた。

隣国までは、馬車で十日ほどだが、エクトルの体調を考慮して、もう少しゆっくりと進むようだ。

けれど彼はこの国に来たときとは比べものにならないほど回復していて、むしろリゼットの方が馬車に酔ってしまい、エクトルに介抱されたくらいだ。

「ここに横になって。少し休んだ方が良い」

優しく甲斐甲斐しく世話をされてしまい、少しくすぐったいような思いをしながらも、彼のお陰でかなり回復することができた。

国境を越えると、キニーダ王国とはまったく違う世界が広がっていた。

国を出たことがなかったリゼットは、窓から見える景色にすっかりと魅せられてしまった。

北方に位置するユーア帝国は山で囲まれていて、その山にはまだ雪が残っていた。

雪を見たことのないリゼットは、冬になったら帝都にも雪が降ると聞いて、今からとても楽しみになった。

ユーア帝国の帝都は整然とした街並みで、帝都の周囲には堀のようなものがある。

敵の侵入を防ぐためかと思ったが、エクトルに聞いてみると、雪が積もったときに、除雪した雪を捨てる場所が必要だという答えが返ってきた。

「そんなに降るのですか？」

「その年による。今年の冬はとくに多かったみたいだな」

帝都の様子を眺めているうちに、馬車はユーア帝国の帝城に辿り着いた。

「……」

想像以上に大きく、立派な城に、思わず言葉を失う。

呆然と見上げているうちに、馬車はゆっくりと入り口に停まった。

窓の外にはたくさんの使用人や貴族らしき人たちが並んでいて、二年ぶりに帰国した皇太子を出迎えていた。

大勢の人に見られていて少し緊張したが、リゼットのことも温かく迎え入れてくれた。

あとから聞いた話だったけれど、エクトルは戻る前に手紙で、リゼットにどれだけ救われたのかということと、そのお陰で生きる気力が戻ってきたことを、説明してくれていたようだ。

婚約を承諾していると言っていたエクトルの言葉通り、ユーア帝国の皇帝陛下もリゼットを歓迎し、息子を頼むと何度も頭を下げてくれた。

エクトルと同じ銀色の髪の、精悍（せいかん）な男性だった。

皇帝はエクトルの母が亡くなったあと、皇妃にしてほしいという側妃の願いを、ずっと退けていたらしい。

彼女が皇妃になれば、その息子である異母兄も皇妃の子になってしまう。

皇位を巡って国が争わないために、ずっとその願いを退けていたらしい。

それが恨みを積もらせる原因になってしまったかもしれないと、リゼットにだけ打ち明けてくれた。

未だに、あのときのことを夢に見るのだと。

息子にもこんな話はしたことがないと語る皇帝の言葉に、リゼットは静かに頷いた。

後悔していないはずがない。

リゼットだって何度も、父を助ける夢を見た。

叔父の企みから父を守り、ふたりで生きていく夢を、何度も見た。

けれど、どんなに後悔しても過去には戻れない。

それならば、今だけを見つめて、後悔する過去にならないように、精一杯生きるだけだ。


猛勉強したお陰で、学園にも難なく編入することができた。

むしろ優秀な成績だったと、エクトルが教えてくれた。

エクトルは毒の後遺症で静養が必要だったため、学園には通っていなかったらしい。だから詳細など知らないだろうに、リゼットのために自ら学園を案内してくれた。

ユーア帝国では勉学に勤しむ生徒が多く、人に嫌がらせをする暇があれば勉強するような人たちばかりだ。

くだらない中傷を囁く者などいなかったが、やはり令嬢の中には皇太子妃の座を狙っていた人もいただろう。

そんな人たちも、エクトルがリゼットに優しく微笑みかけながら、丁寧に案内している様を見て、リゼットの存在を受け入れてくれるようになった。

さすがに異国での学園生活は不安だったが、この学園で初めて、リゼットにも友人と呼べる存在ができた。

領主になるために勉強に励んでいる人や、文官を目指して頑張っている人たちだ。

リゼットは彼女たちと語り合い、一緒に勉強などをして、強い刺激を受けた。

「初めて、友人ができました」

そう報告して、毎日楽しそうにしていたからか。

エクトルはリゼットが学園生活を満喫できるようにと、皇太子妃になるための勉強は学園を卒業してから始めるように手配してくれたようだ。

だから学園が終わってからも急いで帰る必要もなく、友人たちと語り合ったり、時には帝都に買い物に行ったりもできるようになった。

この一年でリゼットは、叔父に奪われていた普通の日々を、やっと取り戻すことができた。

その期間を設けてくれたエクトルと、リゼットを連れ出して色々な経験をさせてくれた友人たちには、心から感謝している。

一年はあっという間に過ぎてしまって、もっとこんな日々を過ごしていたいと思うこともあるが、エクトルが待ってくれている。

もしリゼットが望めば、もう少し普通の日々を過ごさせてくれるだろう。

でも、普通への憧れよりも、エクトルと本当の家族になる日を待ち望む気持ちの方がずっと強かった。

学園の卒業パーティでは、エクトルがリゼットをエスコートしてくれた。

帝国風に仕立て上げられたドレスで、エクトルと踊り、友人たちと遅くまで残って語り明かした。

彼女たちとの付き合いは、きっとこれからも続いていくだろう。


そうして、このユーア帝国で迎える二度目の春が来た。

一度目は来たばかりで何もわからなかったが、厳しい冬の寒さを乗り越えたあとの春の美しさに、リゼットは感動した。

（本当に冬は寒かった……）

降り積もる雪にはしゃいでいたのは最初だけだった。

大雪や気温の低い日々が続くと、エクトルが体調を崩さないかとか、雪による被害はないのかとか、そんなことが気になって、毎日外ばかり眺めていた。

「この国ではこれが日常だから、大丈夫だ。それよりも、慣れていないリゼットの方が心配だ」

エクトルはそう言ってくれたが、幸いにも風邪を引くこともなく、元気に過ごすことができた。

ユーア帝国にもすぐ慣れたので、自分が思っていたよりも適応力は高かったようだ。

雪ではなく雨が降るようになると、帝都の雪が溶けるのも早かった。

山間にはまだ雪が残っているけれど、春の花が咲き、空気も暖かくなってきた頃、エクトルとリゼットの結婚式が行われた。

その日の朝。

リゼットは、マーガレットの手を借りて、念入りに支度をしていた。

純白のドレスは、最高級のシルクがふんだんに使われていて、とても豪華なものだ。

(かなり前に仕上げてくれたのに、色々とあったなぁ……)

飲食も忘れて勉強していたせいで痩せたり、逆に帝国の料理やお菓子がおいしくて太ってしまったりして、何度もドレスを調整してもらったのだ。

迷惑を掛けてしまったが、とても思い入れの深いドレスになった。

最初こそ、一度しか着ないドレスなのにあまりにも豪華で勿体ないと思ったものだ。

けれど結婚式のドレスは、夫からの愛情の表れだとマーガレットに教えられて、素直に喜ぶことにした。

皆、結婚式のドレスを見て、花嫁がどれだけ愛されているのか判断するらしい。

帝国のメイドが教えてくれたところによると、リゼットのドレスは皇室の歴史を遡ってみても、一、二を争うくらい豪奢なドレスのようだ。

エクトルは自らの愛をこうして形で示して、他国から嫁ぐリゼットが侮られないように考慮してくれたのだろう。

その気遣いが、とても嬉しい。

リゼットの首元に飾られているのは、エクトルが買い戻してくれた、母の形見だ。

母も祖母から受け継いだもので、もしリゼットに娘が生まれた場合、その子に引き継がれていくのだろう。

オフレ公爵家の秘宝は、ユーア帝国の皇室に受け継がれていく。

鏡に映ったネックレスを感慨深く眺めていたら、祝砲の音が鳴り響いた。

今日は皇太子の結婚式が執り行われる日で、各国からも祝いの言葉が数多く届いていた。

ゼフィールと、来年には結婚して、王太子妃となる予定のアリアも出席してくれる。

オフレ公爵家の領地運営は順調で、誠実で勤勉な人が多い領地だったと褒めてくれた。

それは、リゼットの父が堅実な領地運営をしていた結果だと言ってくれる。

彼女曰（いわ）く、領民は領主に似るという。

だとしたらアリアの領地だった場所も、優しくて勤勉な人たちばかりだろう。

ユーア帝国では一年だけの学園生活だったが、友人もたくさんできて、とても楽しい学生生活を終えることができた。

それは、向こうでは体験できなかったことだ。

今日の結婚式にも、たくさんの友人が参列してくれた。

皆、リゼットをエクトルの婚約者だったり、外国人だったりという目線で見ない、大切な本物の友人たちだ。

身支度を終えたリゼットは、エクトルの様子が気になって、部屋の様子を覗き込んでみる。

きっちりと正装したエクトルは、思わず見惚れてしまうほどである。本当にこの人が、今から自分の夫になるのかと思うと、まだ信じられないくらいだ。

彼の体調もここ最近は落ち着いていて、よほど無理をしなければ倒れることもなくなった。

それでも毒によって弱った身体は回復も難しいようで、たまに熱を出して寝込んだりもする。

そんなときは必ず、うさぎのクッキーを作って差し入れをしていた。

ふたりの思い出の品だった。

「リゼット、準備は終わったのか?」

エクトルはリゼットのドレス姿を見て目を細め、綺麗だと言ってくれた。

その優しい言葉に、心が満たされていく。

結婚式の最中に、ふと亡くなった両親のことを思う。

娘がこれほどしあわせな結婚をすることができて、きっと喜んでくれているに違いない。

今まで色々なことがあった。

つらいことの方が、多い人生だったかもしれない。

でもこうして愛する人と巡り合い、結ばれる自分は、やはりしあわせだったと思う。
たくさんの人に祝福され、永遠の愛を誓いながら、リゼットは花のように微笑んだ。

番外編

「リゼット様。お手紙が届いておりますよ」

春はあっという間に過ぎ去って、気が付けば夏になっていた。

北方に位置するユーア帝国で過ごす夏は、二度目である。

去年はまだこの国に移住したばかりで、必死に勉学に励んでいた頃だ。住んでいたのも、帝城にある客間だった。

でもこの春にユーア帝国の皇太子妃となったリゼットは今、帝城の中にある皇太子妃の部屋で暮らしていた。

最初はあまりにも広く豪華な部屋を与えられてしまい、ここで暮らしていくなんて無理ではないかと思ったほどだ。

でもエクトルがたくさんのドレスや装飾品を贈ってくれて、彼からの贈り物で埋め尽くされる様子に、少しずつ自分の部屋だという意識が芽生えてきた。

それに、これからはずっとこの帝城で暮らすのだから、慣れなくてはならない。

暮らしていくうちに、あの学園の図書室のように、かけがえのない大切な場所になるに違いない。

日よけのカーテンを開いたままなので、明るい光が部屋の中に入り込む。

(今日も良い天気ね)

そんなことを思っていたリゼットは、祖国のキニーダ王国から連れてきた専属メイドのマーガレットから手紙を受け取った。

「ありがとう」

それは、学園時代の友人からだった。

キニーダ王国には友人がひとりもいなかったので、手紙をくれたのは、この国に移住してからできた友人である。

手紙の内容は暑中見舞いのようで、今年の夏はいつもよりも暑いので、身体に気を付けてほしいと気遣ってくれていた。

さっそくお礼の返事を書きながら、リゼットは考える。

(夏……。去年はどうだったかしら?)

キニーダ王国はここよりも南なので、夏はもっと暑かった。むしろこの国の気候は過ごしやすいと感じる。

帝城ではほとんどの部屋はカーテンを閉め切っているのに、リゼットは明るい日射しが好きで、こうやって開けっ放しにしているくらいだ。

けれど友人からの手紙によると、今年は例年にないくらい暑いらしい。

(たしかに他の人たちも、例年よりも少し気温が高いと言っていたわ。この国にずっと住んでいた

人たちには、耐え難いほどの暑さなのかもしれない）

ふと、エクトルは大丈夫だろうかと心配になる。

毎日会っているが、いつもと変わらない様子だった。でもよく考えてみると、あまり食欲がなかったように思える。

リゼットはこの国に来てからも、エクトルのために頻繁に料理をしていた。

ユーア帝国に帰国したばかりの頃は、やはり昔を思い出してしまったのか、リゼットの作ったもの以外、食べなくなってしまったときがあったのだ。

そのときは毎日のように、エクトルが食べやすいよう工夫して、色々な料理を作った。

エクトルの父であるユーア皇帝はとても感謝してくれて、エクトルについて何か気付いたことがあったら、何でも相談してほしいと言われていた。

エクトルの次に皇位継承権があったアリアは、キニーダ王国に嫁ぐことが決まっている。

皇位を継げるのはエクトルしかいないが、彼を蝕んでいた毒の後遺症は、かなり改善されたとはいえ、完全に消えることはない。

それもあって、ユーア皇帝は忙しい政務の合間にリゼットを呼び出し、エクトルに変わったことはなかったかと尋ねていた。

メイドや従者ではわからないことも、リゼットならわかると信用してくれているのだろう。

（お義父様（とうさま）に、相談してみよう）

そう決めて、リゼットはユーア皇帝に面会を申し込む。

大国の皇帝として忙しく働いているのは知っていたので、近いうちに会うことができればと思っていた。

それなのにその日のうちに、ユーア皇帝はリゼットを呼び寄せてくれた。

忙しい政務の合間に、話を聞いてくれることに感謝を伝えてから、訪ねてきた理由を語る。

「今年の夏は例年よりも暑いと聞いたので、エクトル様が心配で」

食欲が少し落ちている程度だが、まだ夏は始まったばかりだ。

本格的に体調を崩してしまう前に、何とかしたい。

訪ねてきた理由をそう述べると、エクトルとよく似た容貌の皇帝は、こんな提案をしてくれた。

「この国の最北に、ロンサという町がある。北方なので、帝都よりも過ごしやすいはずだ。そこにしばらく滞在してはどうだろう」

避暑地として人気があるらしく、皇族の別荘もあるようだ。

ここよりも涼しい場所でゆっくりと過ごせば、エクトルも体調を崩さずにすむかもしれない。

「ありがとうございます。さっそく提案してみます」

義父となった皇帝に礼を言って退出し、そのままエクトルの部屋に向かった。

彼にも皇太子としての政務があってなかなか忙しいが、無理をし過ぎないように、仕事量は調整されていた。

だから十日くらいなら、留守にしても大丈夫だろう。

「ロンサに？」

リゼットの提案を聞いたエクトルは、驚いた様子だった。

嫁いだばかりのリゼットが、ロンサの町の存在も、そこに別荘があることも知っているとは思わなかったのだろう。

リゼットは義父から聞いたと説明する。

「たしかに帝都よりも涼しくて、過ごしやすい場所だな」

「友人から、今年の夏はとても暑いと聞きました。私も、帝都以外の町に興味があります。十日くらい、行ってみませんか？」

提案すると、エクトルは少しだけ考え込んだあと、頷いてくれた。

「そうだな。山の麓にあるが、避暑地としても人気のある町だから、きっとリゼットも楽しく過ごせるだろう」

ロンサの町に行くと決まってから、マーガレットは張り切って旅の準備をしてくれた。

やはり帝都よりも、格別に過ごしやすい町のようだ。

メイドとしてついていきたい者がたくさんいて、リゼットの専属だというのに危うく留守番になるところだった。

マーガレットは、笑ってそう話してくれた。

「私はリゼット様のお傍を離れませんから」

向こうにはもう家族がいないからと言って、ユーア帝国に嫁ぐリゼットについてきてくれたマーガレットだったが、リゼットと同じ年頃の妹がいたらしい。

もう亡くなってしまったという妹の面影を、リゼットに感じているのか、よく面倒を見てくれる。

それからあっという間に旅の準備も整い、数日後には、馬車に乗ってロンサの町に出発した。

北に行くのは初めてで、馬車の窓から外を眺めたくなる。

でも強い日差しはあまりエクトルに良くないだろうと、日よけのカーテンを閉めたままにしようと思っていた。

けれどエクトルはあっさりとカーテンを開けて、窓の外から見える景色を、リゼットに色々と説明してくれる。

リゼットが他の町に興味があると言ったからだろう。

負担になるなら止めようと思っていたが、具合が悪くなるようなことはなさそうだ。

「川の向こうにあるのは、帝都の次に大きな町だ。商業が盛んで、あの川を利用して、各地から名産品を運んでいる」

船が行き来できるほど広い川の向こうに、大きな町が見えた。

「建物が多いですね」

「そうだな。今から行くロンサも、建物の多い町だ。だが避暑地として人気があるから、あの町と違ってほとんど宿泊施設だ」

皇族の別荘はそんな町の中心部からは少し離れていて、静かな場所だという。

「俺も子どもの頃に行ったきりだが、自然の豊かな、美しい景色の場所だ。リゼットもきっと気に入ると思う」

「楽しみです。私も父が亡くなってからは、王都の外に出たことがありませんでしたから」

エクトルは自分の身体のためというよりも、リゼットを景色の良い場所に連れて行きたいと思って、ロンサの町に行くことを同意してくれたのかもしれない。

「海は何度か行ったことはありますが、山は初めてなので、とても楽しみです」

だから、楽しみだと伝える。

できるなら、町の中も見てみたい。

山ならではの食材もあるだろう。

エクトルのために、たくさん料理を作ろうと張り切っていた。

一日中馬車を走らせ、途中の町で一泊してから、ようやく目的のロンサの町に到着する。

もう日が暮れそうな時刻だ。

夕陽が、思いのほか賑わっている町を赤く染めていた。

(賑やかね)

事前にエクトルが言っていたように宿泊施設が多く、たくさんの人が避暑のために訪れているようだ。

今年はとくに猛暑のようで、例年よりも人が多いらしい。

貴族の別荘も数多くあるが、一番多い宿泊施設は、一般の人たちのためのものだ。この国では、平民でも避暑地で観光を楽しむ余裕があるのだろう。

建物も多くて賑やかだが、町の周辺は森に囲まれている。

一部は人工的に植えられた果樹園らしく、秋になるとたくさんの果物が出荷されるそうだ。

エクトルがそう説明してくれる声を聞きながら、リゼットは馬車の窓から町並みを眺めていた。

（建物は多いのに、自然も豊かで素晴らしい場所だわ。まだ遠くにある山の頂には、雪が残っているのね）

夏は始まったばかり。

山頂あたりの雪は、夏の真っ盛りにならないと溶けないそうだ。

きっと冬の積雪はかなり多いのだろう。

町の門を潜（くぐ）ってすぐに大通りがあり、両脇には多くの店や宿泊施設が並んでいる。

その奥には貴族の別荘があり、さらに奥に、目的地の皇族の別荘があった。

「綺麗な建物……」

止まった馬車から降りて、その建物を見上げたリゼットは、思わずそう呟いていた。

もちろん帝城ほどの大きさや豪華さではないが、白を基調とした建物は優美な印象を与える。

建物の前には庭園があり、噴水がとても涼しげだ。

さらに裏庭もあり、それはそのまま森へと続いていた。

（本当に気温が全然違う……。涼しいわ）

これならゆっくりと過ごせるかもしれない。

先に到着していたメイドたちに案内され、まずは部屋で休憩することになった。

一日中馬車で移動してきたので、エクトルには休息が必要だろう。

建物の中や裏庭の様子を思う存分眺めてみたいと思うが、この国の皇太子妃になった以上、ひとりで行動することなどできないとわかっている。

それに、外はもう暗くなってきた。

本格的な休暇は、明日からだ。

「エクトル様。夕食の準備をしてきても良いですか?」

ふと思い立って、リゼットは向かい側の大きなソファにゆったりと腰を下ろしている彼に、そう尋ねた。

このユーア帝国に戻ってきて、一年半ほど経過している。

帝城では専用の料理人が何人もいるため、なかなか遠慮してしまって料理ができない。

ここならきっと、気兼ねなく料理を楽しめるはずだ。

それに、暑さで少し食欲が落ちていても、リゼットの作ったものなら必ず食べてくれる。

だからこの避暑地にいる間にたくさん料理を作って、体力をつけてもらおうと思っている。

でもエクトルは、リゼットの提案に難しい顔をした。

「いや、リゼットも普段から少し働きすぎている。今回はリゼットのための夏季休暇だから、ゆっくりと過ごしてほしい」

エクトルのために提案した避暑地での静養だったが、やはり彼の方はリゼットのための休暇だと思ってくれていたようだ。

メイドに任せて休むように言われてしまったが、リゼットは首を横に振る。

「いいえ。休暇だというのなら、むしろ趣味の料理はしたいです。山の食材にも興味がありますから」

趣味だからと言うと、エクトルはようやく頷いてくれた。

「わかった。でも、無理はしないように」

「はい」

了承を得たので、さっそく夕食の準備に向かう。

(さすがに今日は、凝った料理は無理だから、簡単で食べやすいものにしよう)

焼いてもらったパンに具材を挟んだだけのサンドイッチと、軽く煮込んだスープ。でもリゼットの作ったものなら食べてくれるので、それを夕食に出す。

明日からは、町に買い出しに行って、もっと凝った料理を作ってみようと思う。


翌朝、身支度を手伝ってくれたマーガレットに今日の予定を聞かれ、さっそく町に買い物に行ってみたいと話す。

「山ならではの、珍しい食材がたくさんあると思うの。駄目かしら?」

「いいえ。皇太子殿下より、リゼット様の希望はすべて叶えるように言われております。だから大丈夫ですよ。もちろん、護衛は必要になりますが」

この町には避暑のために訪れる貴族令嬢も多いので、治安はとても良いようだ。

それでもキニーダ王国で一度襲われ、エクトルを負傷させてしまったことがあるので、もう無謀なことは絶対にしないと決めている。

「護衛騎士に声を掛けておきましょう」

「ええ、お願い」

エクトルはまだ眠っていたようなので、朝食を用意して、伝言を残しておく。

それからすぐに駆け付けてくれた護衛騎士ふたりと、メイドのマーガレットにも付き添ってもらい、町の商店街に向かった。

「すごいわ」

馬車で商店街に移動したリゼットは、思わずそう呟く。

たくさんの人たちが行き交い、品数も豊富だ。

まだ帝都で買い物はしたことがなかったので、この国ならではの食材を見るのも楽しい。

マーガレットもキニーダ王国出身なので、あまり詳しくはない。

ふたりで店の人に詳しく説明してもらった。

この町では貴族も珍しくないので、とくにトラブルもなく、思う存分買い物を楽しむことができた。

「エクトル様は？」

町から戻り、迎えてくれたメイドに尋ねると、リゼットが用意しておいた朝食をとったあとは、裏庭に向かったという。

リゼットは買ってきた食材をマーガレットに託して、エクトルのもとに向かうことにした。

別荘の裏庭はそのまま森に続いていて、かなり広い。

裏庭を警備していた護衛騎士がリゼットに気が付いて、エクトルがいる場所まで案内してくれた。

(森の中は涼しいのね)

町中でも充分涼しかったが、森の中だといっそう気温が低く、少し寒いくらいだ。

上着を着てくればよかったと少し後悔しながら、護衛騎士とともに裏庭を歩く。

するとその先には、綺麗に整備された広場があった。

石畳が敷き詰められ、高級そうなベンチがいくつか置いてある。エクトルはそのひとつに腰を掛け、静かに本を読んでいた。

その横顔は、キニーダ王国の学園の図書室でよく見た光景だ。

何だか懐かしくなって、リゼットはエクトルの隣に座った。

「ああ、おかえり」

リゼットに気付いたエクトルは、すぐに本から顔を上げ、優しく声を掛けてくれる。

「買い物はどうだった?」

「はい。とても楽しかったです。見たことのない食材がたくさんあって、つい買いすぎてしまいました。でも、町の皆さんはとても親切で」

見たことのない食材の説明をしてくれて、さらに料理が好きだと言ったら、詳しいレシピまで教えてくれた。

キニーダ王国で知り合った町の人たちのように、親切な人がこの町にもいる。

そう思うと嬉しい。

でも彼女たちのことを思い出してしまって、少しだけ切なかった。

「さっそく今日から、夕食に作ってみようと思います」

「そうか。楽しみにしている。でも、無理はしないように」

「もちろんです。エクトル様も気を付けてくださいね。過ごしやすい気候ですが、朝晩は冷えるかもしれません」

「ああ、そうだな。気を付けるよ」

そう言うと、エクトルはふいに隣に座るリゼットの肩を抱き寄せた。

「エクトル様？」

「向こうでのことを、思い出したのか？」

「はい。少しだけ」

買い物に行って、キニーダ王国の町の人たちのことを思い出してしまったことに、エクトルは気付いていたようだ。

「ひとりも知り合いのいないこの国に、連れてきてしまった。しかも君が父親から受け継ぐはずだった屋敷も領地も、結局は手放してしまうことになってしまった。君と離れがたかったとはいえ、そのことに、今でも少し罪悪感を持っている」

「そんなことはありません」

エクトルの言葉を、リゼットは即座に否定した。

この国に来たときから、エクトルがそのことを気にしていると知っていた。

だから何度も大丈夫だと言ってきたつもりだったが、それでも彼の罪悪感を完全に消し去ることはできなかったのだろう。

ならば今こそ、リゼットが祖国を出たことをまったく後悔していないと、きちんと言葉にして伝えなくてはならない。

「祖父と父が亡くなってから、私はひとりでした。町の人たちも親切にしてくれましたが、彼女たちにもそれぞれ、大切な家族がいます。だから私も、そんな家族が欲しかった」

祖父や父のように、けっして離れることがない、強い絆が欲しい。

そう思い続けていた。

「だから、エクトル様と出会うことができて、想いが通じ合えて、本当に嬉しかった。たしかに父の遺した領地や公爵家のことで、すぐに返事はできませんでした。でも私の方こそ、エクトル様と離れるなんて考えられませんでした」

もしアリアの申し出がなかったとしても、きっと思い悩んだだろうが、それでも最後にはエクトルと一緒に行く道を選んだに違いない。

「一年間、この国の学園に通わせていただいたお陰で、向こうではまったくできなかった友人もできました。それに、私はもうキニーダ王国の人間ではありません」

エクトルの手を、ぎゅっと握りしめる。

「ユーア帝国の皇太子妃で、何よりもエクトル様の妻です。私にもようやく、亡くした家族と同じくらい、大切な人ができました。だからもう、私に対する罪悪感など捨ててください」

「……そうだな」

エクトルは深呼吸をすると、リゼットを抱く腕に力を込めた。

「もうリゼットは俺の妻で、家族だ。今さらだったな」

「はい、そうですよ」

にこりと笑って、彼の背に腕を回す。

少しずつ回復しているとはいえ、まだ痩せたその身体に触れる度に、心が痛む。

リゼットも以前は、あまり食事がとれなかったせいで痩せていた。

だがエクトルと出会い、人並みの生活をすることができるようになって、今は普通の体型になっている。むしろメイドとして働いた経験があるので、他の貴族令嬢よりも体力があるくらいだ。

エクトルを蝕む毒の存在に、父の苦しむ姿を思い出してしまうこともある。彼と一緒にいる限り、苦しんでいた父の姿を忘れることはできないのかもしれない。

それでも、リゼットはそれをすべて受け入れて、彼を愛すると決めたのだ。

エクトルの義母や異母兄の、毒の後遺症として未だに残る悪意から、必ず守ってみせると。

(そのためなら何でもできる。料理だってもっと上手くなってみせる。皇太子妃としての勉強だって、エクトル様の分も担えるように頑張る)

義父を見ているとよくわかるが、皇帝はかなりの激務だ。

なるべくエクトルに負担を掛けないように、リゼットも皇太子妃として、いずれは皇妃として、できるだけ仕事を引き受けるつもりだ。

一緒にしあわせになるためには、何でもやる。

やってみせると意気込んでいた。

それなのに。

もともとユーア帝国はキニーダ王国よりも北方に位置する国である。

さらにその国の中でも、避暑に適した町に来ていた。

たしかに、涼しいと感じることが多かった。

それに加えて、ようやくエクトルとの結婚式を終え、正式に皇太子妃となったことで、少し緊張の糸が切れてしまったのかもしれない。

エクトルに注意していたというのに、リゼットの方が風邪を引いて寝込んでしまったのだ。

これでは、エクトルのために食事を用意することもできない。

「きっと今までのお疲れが出たのですよ。休暇なのですから、ゆっくりとお休みください」

マーガレットはそう言って、甲斐甲斐しく世話をしてくれた。

まさかエクトルよりも先に、風邪を引くとは思わなかった。

落ち込むリゼットに、マーガレットはエクトルが見舞いに来たと告げる。

「エクトル様が？　駄目よ。風邪を移してしまったら大変だもの。おとなしく寝て早く治すから、会うのはそれからで……」

「いや、すぐに通してもらったよ」

マーガレットに対する指示が終わらないうちに、エクトルがリゼットの部屋に入ってきてしまった。

「エクトル様！」

風邪を移してしまうことも心配だが、病気で寝込んでいるので、髪も三つ編みに結んだまま。身支度もきちんとしていない。

彼に見せても良い姿ではないと慌てながら、毛布を被る。

「急に訪ねてくるなんて、ひどいです……」

少し恨みがましい目で見つめても、エクトルは優しく笑うだけだ。

「すまない。だが妻が体調を崩したと知って、見舞いに行かない男などいないよ」

さらに果物などを持ってきてくれたようで、それをマーガレットに渡している。

優しく体調はどうかと尋ねられて、いつまでも拗ねていることができずに毛布から顔を出した。

「あ、ありがとうございます……」

たしかに食欲はあまりなかったが、果物くらいなら食べられそうだ。

さっそくマーガレットが、食べやすく切ってくれた。さっぱりとした柑橘類で、風邪にもよく効きそうだ。

「リゼット。話をしようか」

薬湯も飲み、少し落ち着いたリゼットの手を、エクトルは握った。

「はい」

「きっと今までの疲れが出たのだろう。俺が不甲斐ないせいで、普段から苦労をかけてしまってすまない」

「そんなこと……」

エクトルの言葉に、リゼットは首を振る。

「不甲斐ないのは私の方です。エクトル様に注意しておきながら、自分が寝込んでしまうなんて情けなくて」

「リゼットは頑張りすぎていたから、仕方がないよ」

そう言って、握った手を優しく撫でてくれた。

繋いだ手から伝わる温もりに、心が落ち着く。

「俺のために、少しでも公務を頑張ろうとしていることは知っている。だが、無理はしないでほしい。リゼットにだけ負担を掛けるつもりはない。今の俺は頼りないかもしれないけれど、父もまだしばらくは現役だろうから」

そう言ってエクトルは、少し笑った。

「リゼットがひとりで頑張る必要などない。これからも、ふたりで頑張っていこう」

「エクトル様……」

優しく労わるような声に、病気で弱っていたこともあって、涙が滲んでしまう。

「ありがとうございます……」

「他にも何か、不安に思っていることがあれば言ってほしい」

そう言われて、リゼットは俯きながらも本音を口にする。

「私は、エクトル様のことが好きです。本当に大切だから、もし失うかもしれないと思うと、本当に怖くて……」

それが、リゼットにとって一番の恐怖だ。

「不安にさせてすまなかった。だが俺は、絶対にリゼットをひとりにはしない。今よりも丈夫になれるように努力する。だからリゼットも、ひとりで背負わないでほしい」

「……はい」

涙を流したまま、リゼットは頷く。

以前もそう言ってくれたことがある。

でも今のふたりはもう夫婦で、だからこそ、より深い意味のある約束となった。


それからリゼットが回復するまで、エクトルは毎日のように見舞いに訪れて、優しく労わってくれた。

見舞いの品も、リゼットの体調が良くなるにつれ、柑橘類などの果物から、焼き菓子やケーキなどになった。

「昨日のケーキ、とてもおいしかったです。誰が作ってくれたのでしょうか？」

果物をたくさん乗せたタルトケーキが、今まで食べたことがないほど絶品だった。それを作ったのがメイドの誰かだったら、作り方を教えてほしいくらいだった。

「ああ、町に行って買ってきた。リゼットが好きそうだと思って」

「え、エクトル様が町に？」

自分のために、買いに行ってくれたのだろうか。

そう思うと嬉しいが、エクトルは町に出ることはないだろうと思い、一緒に出掛けたいと言い出せずにいたのだ。

「わ、私もエクトル様と一緒に買い物がしたいです……」

思い切ってそう伝えると、エクトルは少し驚いたような顔をしたあと、優しい顔で頷いてくれた。

「ああ、そうだな。リゼットの好きそうなものがたくさんあった。回復したら、一緒に町に行ってみようか」

「はい！」

そう約束してくれたので、リゼットは回復に努めた。

もともと、あんな生活だったにも拘らず、病気はほとんどしたことがなかった。

この町の気候にもすっかりと慣れ、程なくして全快した。

けれど、休暇は十日の予定だった。

もうそれも終わってしまうし、帰りの日程もある。

エクトルと町に出かける余裕は、ないかもしれない。

そう思って肩を落とすリゼットだったが、エクトルが大丈夫だと言って、ユーア皇帝からの手紙を見せてくれた。
「休暇は十日の予定だったが、リゼットが体調を崩したと連絡したら、父は、もう少しゆっくりとしてこいと言ってくれた」

手紙にも、リゼットを気遣う言葉が何度も書かれていた。

エクトルのために頑張ってきたことが、彼の父親であるユーア皇帝に認められたようで嬉しかった。

さっそく翌日には、護衛騎士やマーガレットと一緒に町に出かけた。

エクトルが一緒にいることで、町の人たちにも、春に結婚したばかりの皇太子夫妻だと知られてしまったようだ。

でもリゼットは前回と同じように、自分から町の人たちに声を掛け、その話を聞く。

エクトルはそんなリゼットを、病み上がりだからと気遣い、優しく接してくれる。

今までのエクトルは、整いすぎた容貌と、人嫌いだということが帝国内でも広く知られていたので、冷たい人間だと思われていたらしい。

けれどリゼットに向ける優しい笑顔や、気遣うような言葉をかけている場面を間近で見て、町の人たちのエクトルに対する印象も大きく変わった様子だった。

もう数日間滞在することになったからと、追加で食材を買い、さらにエクトルが買ってきてくれたタルトケーキを売っている店に行く。

まだ若さの残る店主は、田舎から出てきて店を構えたばかりらしい。

先日、タルトケーキを買ってくれたのが皇太子で、その妻である皇太子妃のリゼットが気に入ってくれたと聞いて、感動していた。

そのおいしさに反してまだ店の評判が浸透していないのか、客は少ない様子だったが、これからは皇太子妃のお気に入りとして、賑わっていくことだろう。

製菓の材料や道具なども買い、さらに木材に繊細な彫刻を施した家具や額縁などの、この町の名産品も見て回る。

町を巡り、たくさん買い物もして、別荘に戻った。

「すみません。ついはしゃいでしまって」

なかなか長時間の買い物になってしまった。馬車の中で反省していると、エクトルはこれくらい大丈夫だと笑っていた。

「リゼットの方が病み上がりなんだから、無理はしないように」

「私ならもう大丈夫です」

体調を崩してしまうとは思わなかったが、それでもエクトルが毎日見舞いに来てくれたし、それがきっかけになって一緒に買い物をすることもできた。

むしろ、エクトルのためにたくさん料理をしたいという目標の方が疎(おろそ)かになってしまっている。

(うん、頑張らないと)

休暇も、残り僅か。

残りの日程は、料理のために費やしたいと思う。

その日の夕方から、さっそく料理に取りかかる。

教わったばかりの料理を作り、完成してから時間に余裕があったので、エクトルを探しに行く。

エクトルは裏庭にあるベンチが気に入っているようで、そこで静かに本を読んでいることが多かった。

護衛騎士に聞いてみたら、今もそこにいるらしく、リゼットは夕食ができたことを伝えようと、彼のもとに向かっていた。

けれど、いつものベンチにエクトルの姿が見えない。

「え？」

いると言われた場所に、いなかった。

不安になって周囲を見渡す。

すると、近くからエクトルの声がした。

「……リゼット」

小声で名前を呼ばれてその姿を探すと、エクトルが周囲にある木の間に隠れていた。

何かを伺っている様子だった。

「エクトル様？」

「向こうを見てごらん」

そう言われて視線を向けると、少し離れた場所にある生い茂った草の陰に、小さな生き物がいるのが見えた。

（あれは……）

猫かと思ったが、草の合間から長い耳が見えた。

「うさぎ？」

思わず声を上げてしまい、慌てて口を両手で塞ぐ。

茂みの中には小さなうさぎがいて、不思議そうにこちらを見ていた。

その愛らしい姿に、思わず笑みが浮かぶ。

エクトルと一緒に図書室で、うさぎについて散々調べたことを思い出した。

「かわいい……」

思わずそう呟いていた。

うさぎはしばらく呑気に過ごしていたが、やがて森の奥に帰っていった。

ふたりは、ようやくベンチに座る。

「まさか本物のうさぎを見ることができるなんて、思いませんでした」

先ほどまで見つめていた愛らしい姿を思い出して、リゼットは言った。

「そうだな。俺も初めて見た」

いつものように裏庭で本を読んでいたエクトルは、ふと気配を感じて顔を上げ、うさぎを発見したのだという。

リゼットに見せたいと思ったものの、動いたらうさぎは逃げてしまうかもしれない。

だからずっと息をひそめて、リゼットが来るのを待っていたらしい。

その様子を想像したら何だか微笑ましくなって、思わず笑ってしまった。

「明日はひさしぶりに、うさぎのクッキーを作りますね」

初めてクッキーを作った日のことを思い出しながら、そう言う。

「そうだな。リゼットに何かを作ってもらったのは、あれが初めてだった」

リゼットと同じように、出会った当初のことを思い出しているだろうエクトルは、優しい顔をしていた。

出会ったばかりの頃の彼は人嫌いで、いつも冷めた目をしていた。

それなのに今は、穏やかな顔で、昔を思い出すことができるようだ。

リゼットも同じだった。

エクトルと出会った当初は、つらい時間の方が多かったはずなのに、思い出すのは彼と過ごした楽しいことばかりだ。

それだけ今が充実していて、しあわせだということか。

まだうさぎが去った方向を見つめているエクトルに、リゼットはそっと寄り添った。

「来年もまた、ここに来たいです」

少し気が早いかと思ったが、エクトルはリゼットの肩を抱いて頷いてくれた。

「ああ、そうしよう。来年も、再来年もずっと」

もしかしたら数年後には、家族が増えているかもしれない。

いずれエクトルは皇帝となり、リゼットも皇妃になる。

そうなってもリゼットは、ここに来たときは家族のために料理をするのだろう。

そして思い出は積み重なり、いつかこの国が、リゼットにとって唯一無二の、かけがえのない故郷になるに違いない。

しあわせな未来を思い浮かべて、リゼットはエクトルと顔を見合わせて微笑んだ。

侯爵令嬢アナスタシアは事故死したはずが、目覚めると国の英雄イーサンと結婚する前に戻っていた。王命による急な結婚でも健気に尽くしてくれた彼に、最期まで素直になれなかったと後悔するアナスタシア。今度はちゃんと愛を伝えようと誓うが、なぜか王命は下らず、イーサンには素っ気ない態度を取られてしまい!?　アナスタシアは困惑するも、彼を諦められず猛アタック。めげずに続けていると、イーサンがなぜか切ない眼差しを向けてきて……？

フェアリーキス
ピュア
fairy kiss

Jパブリッシング　https://www.j-publishing.co.jp/fairykiss/　定価：1430円（税込）

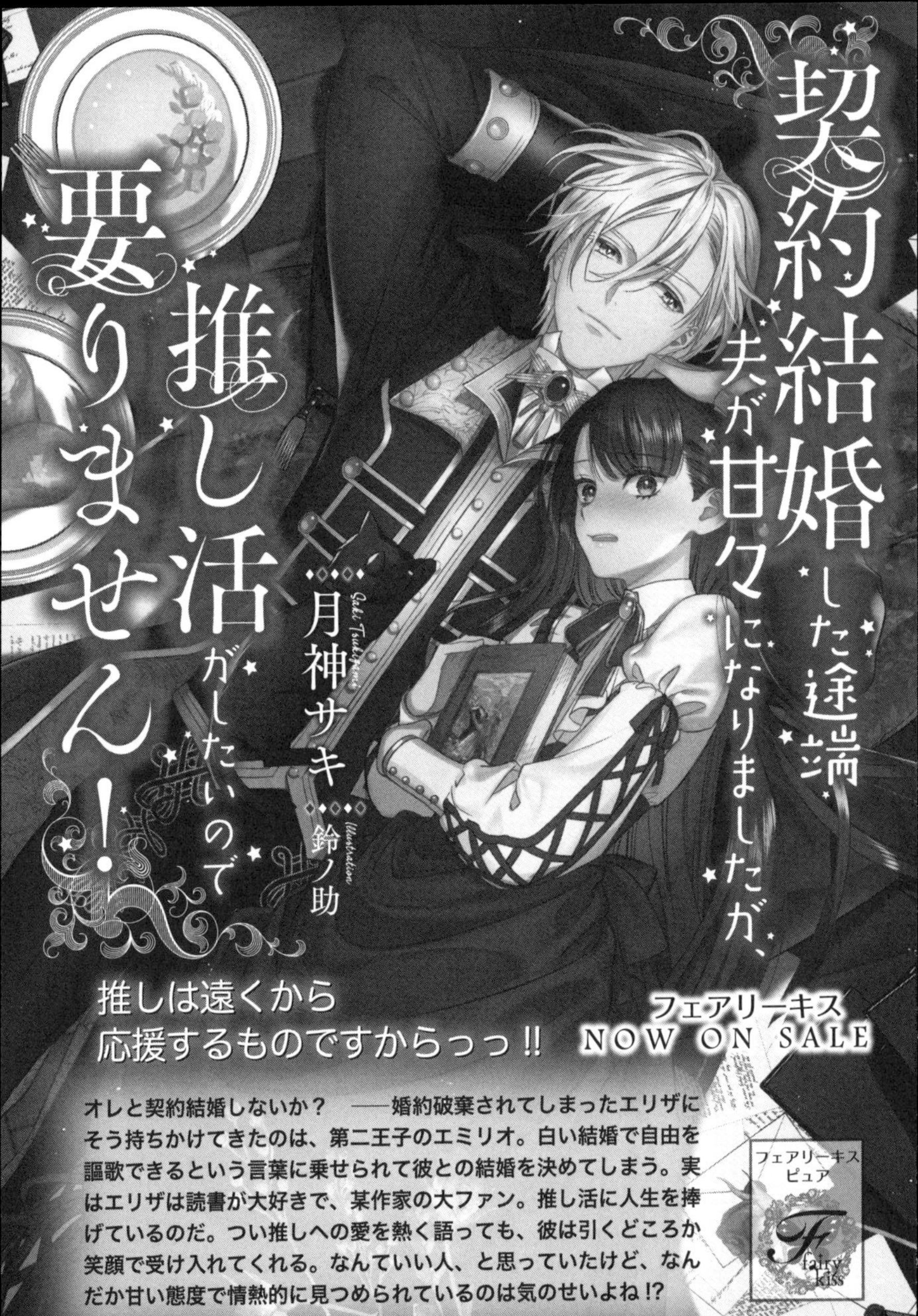

契約結婚した途端
夫が甘々になりましたが、
推し活がしたいので
要りません！
Saki Tsukigami
月神サキ
Illustration
鈴ノ助
推しは遠くから
応援するものですからっっ‼
フェアリーキス
NOW ON SALE
オレと契約結婚しないか？　――婚約破棄されてしまったエリザにそう持ちかけてきたのは、第二王子のエミリオ。白い結婚で自由を謳歌できるという言葉に乗せられて彼との結婚を決めてしまう。実はエリザは読書が大好きで、某作家の大ファン。推し活に人生を捧げているのだ。つい推しへの愛を熱く語っても、彼は引くどころか笑顔で受け入れてくれる。なんていい人、と思っていたけど、なんだか甘い態度で情熱的に見つめられているのは気のせいよね⁉
フェアリーキス
ピュア
fairy kiss

婚約破棄されてしまった貧乏伯爵令嬢のアリーシャ。借金地獄で困り果てていた彼女に、第二王子クレイドとの縁談が舞い込む。心機一転、クレイドの妃としてがんばろうと決意するも、彼は「君は何もしなくていい」と恐ろしい剣幕で告げてきて!? アリーシャは不安でいっぱいになるが、なぜか豪華な離宮でのんびり暮らす予想外の軟禁生活に突入! しかも王子自ら監視までしてきて大混乱。でも実は全てクレイドの過保護さの裏返しだと分かり……!?

Jパブリッシング　https://www.j-publishing.co.jp/fairykiss/　定価：1430円（税込）

悪役令嬢になりたくないので、王子様と一緒に完璧令嬢を目指します！
1〜3
Saki Tsukigami 月神サキ
Illustration 雲屋ゆきお
傲慢の自覚ゼロな令嬢と
あざとカッコイイ王子の
異色悪役令嬢ラブコメディ♥
悪役令嬢になりたくないので、
2
王子様と一緒に
島田ちえ
完璧令嬢を目指します！
FK comics にて
コミカライズ
大好評発売中！
フェアリーキス
ピュア
fairy kiss

# 私はこの家に必要ないようです。 でも皇太子妃になるなんて聞いてません！

著者　櫻井みこと

2023年11月5日　初版発行

発行人　藤居幸嗣

発行所　株式会社 J パブリッシング
〒102-0073　東京都千代田区九段北3-2-5 5F
TEL 03-3288-7907　FAX 03-3288-7880

製版所　株式会社サンシン企画

印刷所　中央精版印刷株式会社



ISBN：978-4-86669-618-8
Printed in JAPAN